一

◈

もののけ寺の白菊丸

泣いてはいけない。

数えの十二歳になって間もない白菊は、そう自分に言い聞かせつつ、寝殿造りの奥の一室で実の母と向き合っていた。

元服前の白菊は長い髪を頭頂部でひとつに束ね、薄浅葱の水干に身を包んでいる。母は表を白、裏に赤を重ねた袿をまとっている。庭先に咲く紅梅の香りと相まって、若く美しい母は梅の花の精霊のようだ。

が、昼間だというのに陽の光が充分に届かず、室内は薄暗かった。母上さまのお顔をもっとよく見ておきたいのに、どうしてこんなに暗いのだろうと、白菊はもどかしく感じずにはいられない。

もどかしさが高じ、白菊の唇は真一文字に結ばれ、膝の上に置かれた小さな手はぐっと強く握られていた。わが子のその手に、母は白い手をそっと重ねて優しくささやく。

「白菊丸……。立派なお坊さまになるのですよ」

語尾が、それとわからぬほどながら震えている。母もまた、泣くのを懸命にこらえているのだ。

明日、白菊はこの邸を離れ、京の都のずっと南、大和国の寺に預けられる。そこで修行を重ね、ゆくゆくは僧侶となるように、彼の未来はすでに定められていた。それ自体には白菊も否やはない。だが、寺に入れば、もう母とは逢えなくなる。そのことが十二歳の少年の胸を重くふさいでいた。

なのに、母は思いも寄らないことを子に告げた。

「あなたが立派なお坊さまになれば、誰はばかることなく逢えますからね」

誰はばかることなく逢える。

その言葉は、悲嘆に暮れていた白菊の心にひとすじの光と温もりを投げかけた。

「また……逢えるのですか？　本当に？」

おそるおそる問うた白菊に、母はうなずき返した。

「ええ、きっと」

白菊はもっと幼い時分から、実母の伯父夫婦を父上、母上と呼ぶようにと、きつく言い含められてきた。だからこそ、彼は実母をあえて「母上さま」と呼ぶ。育ての親たちも幼子なりの気遣いを汲み取って、呼称の使い分けを容認してくれていた。

こうして実母に「母上さま」と直接、呼びかけるのも、今日が最後になるのだと、白菊は覚悟していた。なのに、思いがけず「また逢える」と言われ、心が揺れる。目に涙が浮かんでくる。

わが子をみつめる母の目も、同じように涙に濡れていた。

「あなたを授かったと知ったそのときから、母は千手観音（せんじゅかんのん）さまに祈り続けてまいりました。観音さまの御加護があったからこそ、あなたは無事に生まれてこれたのです。ですから、きっとこれからも、観音さまがあなたを守り、導いてくださるでしょう」

何も心配はいりませんよ、しっかり勉学に励むのですよ、と、母は言葉を重ねていく。

白菊も母を安心させる言葉、決意の言葉を発しようと口を開いた。なのに、

「母上さま」

それだけしか言えない。呼気を調（ととの）え、再び試みるも、

「母上さま……」

やはり、そのあとが続かない。そればかりか涙で視界が霞（かす）んでいく。母の顔をもっとしっかり、みつめていたいのに。心に深く刻みこんでおきたいのに。

「母上さま……、母上さま……」

もどかしさは頂点に達し、白菊の目からは涙がとめどなくあふれてきた。母もこらえきれずに涙をこぼす。

紅梅の香りが微風（びふう）に乗って漂う中、親子は身を寄せ合って静かにすすり泣いた。いくら泣いても涙は尽きそうになかった。

そして、翌朝——

まぶしい朝日の中、一台の牛車が簀子縁の階に寄せられた。「さあ、参りましょう」と、乳母が優しく白菊を促す。うなずいた白菊の白い頬に、もう昨夜の涙の跡はない。

見送りに立っているのは、親代わりになってくれていた中納言夫妻だけで、実母の姿はなかった。別れはすでに昨日のうちに済ませていたからだ。

「行って参ります。父上、母上」

幼いながら、すでに心を決めている白菊の健気さに、養父と養母も涙を禁じ得ない。

「達者でな、白菊」

「身体にはくれぐれも気をつけるのですよ」

はいと応え、養父たちに笑顔を見せて、白菊は牛車に乗りこんだ。

すでに車中で彼を待っている乳母も、同行するのは寺の門前まで。物心ついたときから暮らしていた洛中のこの邸へも、もはや再び帰ってこれまい。庭に咲く紅梅も、もう見納めかと思いつつ、車中から見やると、小さな鶯が一羽、その梢にとまった。

あ、と思った次の瞬間には、鶯は梢を飛び立ち、もう姿が見えなくなる。

（あんな小さな鳥でさえ、おのれの好きな場所に飛んでいけるのに、引き替え自分は……）

弱気になりかける白菊の胸に、昨夜の実母の言葉が甦る。

――あなたが立派なお坊さまになれば、誰はばかることなく逢えますからね。

あの言葉は本当なのか、ただの気休めなのか。後者だとしても、いまは信じて前に進むしかない。

（母上さま……）

水干の広袖の中で、白菊は誰にもわからぬように拳を堅く握りしめていた。

小高い山の東側斜面に、小さな御堂がいくつも点在している。そのすべてが、勿径寺に属するものだった。

年が明けて、寺の境内ではそこかしこで梅の花が咲いていた。白、紅、薄紅と、色合いはさまざま、どの花もかぐわしい香りを放っている。

花だけが美しいわけではなかった。梅林をそぞろ歩いている寺稚児たちも、それぞれに美麗な装束をまとっている。所作も品よく、誰も彼もが育ちのよさをうかがわせた。

中でもひときわ目立っていたのが、十二歳の千手丸だった。

結わずに背中に流した髪は、早春の光をはじく艶やかな烏の濡れ羽色。白い面は優美で、昔物語に登場する美姫のごとき風情を醸し出している。それでいて上背があり、いっそうの華やかさを彼に添えていた。薄紫の狩衣の着こなしも、完璧と言って差し支えない。

まわりの寺稚児たちも、彼にだけは「千手さま」「千手さま」と様付けで呼びかける。

「あれ、ご覧ください、千手さま」

寺稚児のひとりが、山裾を行く馬を指差した。有髪の大童子が手綱を牽くその馬には、普通は襟巻きにする白い布を頭に巻いた僧侶がまたがっている。天台座主などの高僧にしか身につけられないはずの、帽子と呼ばれる被りものを特別に許されているのは、勿径寺を総括する定心和尚だった。

寺稚児たちは山の上から、和尚さま、和尚さまと大声で呼びかけた。聞こえないのか、定心たちは振り返らずに馬を進めていく。

「どこに行かれるのでしょうね」

誰かが洩らした疑問に、誰かが応える。

「新参の稚児をお迎えに行かれると、修行僧たちが今朝がた話していたよ」

えっ、と驚きの声が寺稚児たちの間から起きた。

「定心さまが御自ら、お出迎えに？」

「よほどの家の出なのか？」

「それが華山中納言さまの庶出の子らしいぞ」

「中納言さま……。なるほど。公卿の子ではあるけれども、庶出か……」

微妙な空気が稚児たちの間に流れる。

貴族の中でも大臣、大納言、中納言、そして参議の高官たちは、公卿と称される上流貴族。ここにいる寺稚児たちは、そのほとんどが公卿の子だった。

上流貴族の子息とはいえ、四男、五男、六男ともなると持てあまされて、寺に預けられることは昔からよくあった。後継に空きが出れば、実家に呼び戻されることもある。でなければ彼らは将来、僧侶となり、俗界とはまた違う世界での栄達を目指すのだ。

新入りの話で沸く稚児たちの間で、千手は黙って、遠く定心和尚の後ろ姿をみつめていた。その細眉は、わずかながら不快そうにひそめられている。

三年前、千手がこの寺に迎えられた際、定心和尚とは寺内で対面した。わざわざ出迎えなどはされなかった。千手だけでなく、他の誰に対しても定心はそうだった。

(なのに、なぜ今回に限って……)

中納言よりも格上の大臣、大納言の子たちもそこにはいた。千手自身が内大臣の正室腹の子息なのだ。なのに格下の中納言の、それも庶子をなぜ特別に遇するのだろうかと不思議がるのは、当然のことだった。

常に千手の傍らにいる取り巻きのひとり、多聞が彼のいらだちに気づいて、さらりと言った。

「おそらく何か外出の御用があって、和尚さまはそのついでに出かけられたのでしょう」

寺稚児たちの中でもひときわ背が高く、がっしりとした体格の不動丸も言う。

「今日はふもとの里に市が立つ日ですからね。酒を求めに出られたのかもしれません。いや、きっとそうだな」

聡い多聞に、子供らしくないいかつい顔の不動がふたりして言うと、いかにもそれが真実であるかのように響く。千手は肩の力を抜いて、ふっと笑った。

「和尚さまの飲酒癖には困ったものだ」

いかにも、と多聞と不動が声をそろえ、ほかの寺稚児たちも笑いながらうなずく。

勿径寺の門前に建つ石柱には、『不許葷酒入山門』との文言が刻まれている。ニンニクなどのくさい野菜や酒は、修行の妨げになるので寺に入れてはならない、との意味だ。だが、その戒めを勿径寺の長はまるで守っていなかった。

白菊と彼の乳母を乗せた牛車は、山中の細い道を進んでいた。

乳母は物見の窓から外ばかりを眺めていた。最初こそは、春の山々が連なる景色を珍しがっていたものの、それが延々続くと飽きてきて、

「見渡す限り、山、山、山と、山ばかり。里はまだなのですか」

もう何度目かになるかわからない問いを、徒歩(かち)で従う従者たちや牛飼い童(わらわ)に投げかける。従者も苦笑しつつ、律儀(りちぎ)に応える。

「峠はとうに過ぎましたから、もう少ししたら里が見えてきますよ。そこまで来たら、勿径寺はすぐですから」

「すぐそこ、すぐそこと、いったい何度聞かされたやら」

長時間、牛車に揺られ続けた疲れもあって、乳母はかなり不機嫌だった。

白菊は都を離れてからというもの、ほとんど外の景色を見ていなかった。最初こそは、いつ戻ってこられるかわからない都の光景を記憶にとどめておこうと、物見の窓にかじりついていた。が、次第にひとの姿や家が消え、どんどん寂(さび)しくなっていく光景に耐えきれなくなってしまったのだ。

かといって、外を見ないでいると気持ちは内向きになり、これまた別種の切なさ、母親恋しさがこみ上げてくる。どうにもならない憂鬱(ゆううつ)の袋小路(ふくろこうじ)に入りこんだ、そんな未熟な自分に白菊自身がいちばん辟易(へきえき)していた。

(いつまでも哀(かな)しがっていてはいけない。もう都には戻れないのだから、嘆(なげ)く暇(ひま)があるなら、その分、立派なお坊さまになるべく修行に励まないと……)

呪文のように言い聞かせているうちに、いつしか白菊はうつらうつらと船を漕いでいた。その微睡みが、突然、牛車がガクンと停車したことで破られる。

きゃっと小さな悲鳴をあげた乳母が、「何事ですか」と叱責の声をあげる。しかし、それに対する従者からの返答はない。

小さな物見の窓からでは事態が把握できず、乳母は牛車の前面の御簾を跳ねあげた。

「何事……」

問う声が宙ぶらりんになる。牛車の行く手を阻むように、数人の男たちが細い道に立ちふさがっていたからだ。

みな、ばさばさの髪に萎烏帽子、垢じみた筒袖を身につけ、見るからに怪しげな風体で、にやにやと笑っている。さらに悪いことに、肩に長槍をひっかけたり、垂らした手に抜き身の太刀を握っていたりと、不穏な空気はこの上ない。

乳母はひっ、と息を呑み、四つん這いになって牛車の奥へ後ずさった。白菊は眠気も何も吹き飛び、目を丸くして御簾越しに外の光景をみつめる。

従者たちも刀の柄に手をかけ、「何用だ」と語気荒く男たちに問いかけた。

「何用も何も、わかるだろ？」

唯一、筒袖ではなく古ぼけた直垂を身につけている男が、露骨に嘲るような口調で言った。

「そっちの数より、こっちの数のほうが多いからな。ほら、後ろを見てみろよ」

　ざざざっと砂を蹴る音がして、牛車の後方に数名の男たちが現れる。数が増えたばかりでなく、完全に挟み撃ちにされてしまったのだ。

　間違いなく山賊だ。

　従者たちはそろって及び腰になり、牛飼い童もおびえて牛車を牽く牛に身を寄せる。乳母は車中でうずくまって震えるばかり。白菊も何もできない。山賊の頭目らしき直垂の男は、自分たちが優位であることを確信して、あはははと大声で笑った。

「おとなしくしていれば手荒なことはしないとも。とりあえずは、そうだな、牛車に乗っておいでのかたの、きれいな装束を脱いで渡してもらおうか。風はまだまだ冷たいが、凍(こご)え死ぬほどでもなし。これくらいで済むなら安いものであろうよ」

　この要求に、なんですってとつぶやきながら、乳母はわなわなと震え出した。しかし、白菊はため息ひとつつき、水干の襟(えり)についた組紐(くみひも)をほどき始める。

「し、白菊さま。そんな、そのようなことまでは」

「これでみなの命が助かるなら。乳母も、袿を一枚、渡してくれる？」

「えっ……」

「命あってのことだろう?」

「それは……、そうなのですが……」

乳母は哀しげな顔をしつつも、いちばん上に重ねた袿をしぶしぶ脱ぎ始めた。が、ふたりが脱ぎ終えるより先に、

「おやおや。これは」

妙にのんびりとしたつぶやきと穏やかに闊歩する馬の蹄の音が、道の向こうから聞こえてきた。

「変だね。わたしたちより先に出迎えが来ているよ」

そう言っているのは、白い帽子を頭に巻き、馬にまたがった僧侶であった。顔のほとんどを隠す帽子のおかげで、年齢は不詳だ。

馬の手綱を握って、徒歩で彼に付き従っているのは、十七、八とおぼしき大童子だ。もう元服してもおかしくない年齢なのに、童子のように髪をのばしたままにしているので、そう呼ばれる。その大童子の髪はやや短めで、後ろで束ねた分は小さく、子犬のしっぽのようでもあった。ただし、落ち着きはらった表情にかわいげなど微塵もない。

山賊たちはそろって不審そうに顔を歪め、僧侶と大童子を睨みつけた。

「なんだ、おまえたちは」

「ほう、わたしを知らぬのか」

にいっと僧侶が笑った。

「勿径寺の定心和尚、四十八歳」

名乗るだけでなく年齢までわざわざ明かしたその間も、馬は闊歩し続け、賊との距離を順調に詰めてくる。大童子の歩調と表情には、特に変化はない。ふたりとも、山賊たちをまったくおそれていないのだ。

牛車の中でうずくまっていた乳母が、ハッと顔を上げた。

「も、勿径寺の……」

白菊たちが向かっていた寺の名だ。

「お、お迎えですよ。白菊さまをお迎えに、勿径寺の和尚さまがわざわざおいでくださったのですよ。ああ、地獄で仏とはまさにこのことですわ」

乳母は両手を合わせ、無心に定心を拝み始めた。

白菊は何も言えず、何もできない。賊に囲まれているところに来てくれたのはありがたかったが、あちらはふたりきり。それに引き替え、山賊たちは二十人以上はいる。多勢に無勢という言葉が、どうしても白菊の頭をよぎる。

そんな状況にあっても、勿径寺の定心和尚は飄々としていた。

「おまえたち、このあたりの輩ではないな」

　定心がそう言った途端、山賊たちの顔がひきつった。

「うるさい坊主だ。叩き殺すぞ」

　頭目が嚙みつくように吼えると、それに呼応して、長槍をかついだ男が前に進み出た。男は槍を頭上に掲げ、これ見よがしに振り廻し始める。回転する槍は風を切って、ぶんぶんと凶悪なうなりを発している。

　大童子が馬を停めた。手綱を放し、代わりに腰に佩いた刀を抜く。鞘から放たれたのは木剣だった。

　山賊たちはそれを見て、げらげらと笑い出す。

「木剣だとよ。それ一本でどうするつもりだい」

　牛車のまわりに自然と集まった従者たちは、一様に失意の表情を浮かべた。もう駄目だ、自分たちは助からないと、すっかり意気消沈している。

　が、賊に笑われようと、従者たちに残念がられようと、大童子はひるまなかった。馬上の定心も、まだ微笑を浮かべている。

「我竜」

　それが大童子の呼び名なのだろう。余裕さえ感じさせつつ、定心は言った。

「殺生はいけないよ。だからね、殺さないように——やっておしまいなさい」

その刹那、大童子の我竜が動いた。槍を振り廻していた男の腹を木剣で突き、返す刀ですぐ隣にいた男の胸を打つ。ふたりはぎゃっと悲鳴をあげて吹き飛んだ。

何をしやがる、とわめきつつ、山賊たちが我竜に殺到する。我竜は黙々と木剣を振るい、敵を次々に薙ぎ倒していく。

白菊と乳母、従者たちはあっけにとられて、我竜の大立ちまわりを見守っていた。誰も彼も加勢はおろか、鬼神のごとき我竜の無双ぶりを目で追うのが精いっぱいだったのだ。

だからこそ、白菊も背後への警戒がおろそかになっていた。

突然、後面の御簾が落とされ、浅黒い腕が二本、にょきりと突き出てきた。山賊たちのひとりだ。男は白菊を捕まえ、彼を牛車の中から引きずりおろそうとする。

白菊さま、と乳母が悲鳴混じりの声をあげた。白菊もあらがったが相手の力は強く、十二歳の童ではとても振りほどけない。

「この餓鬼はいただいていくぞ！」

男が笑いながら宣言したそのとき、どすっと鈍い音がして、一瞬、牛車の屋根がたわんだ。馬上から跳躍した定心和尚が、牛車の屋根の上に飛び乗ったのだ。

定心はそこからさらに跳躍し、白菊を捕まえた山賊の顔面を蹴り飛ばした。

蹴りをまともに喰らった山賊が吹き飛び、解放された白菊は定心がその手に抱き止める。

定心が着地したといっしょに、彼が頭に巻いていた帽子が肩に落ちた。僧侶ならば髪は剃りあげているはずが……、一寸（約三センチ）にも満たない程度ながら、彼には灰鼠色の毛髪が生えていた。

驚く白菊の視線で気づいたのだろう、「おっと」とつぶやき、定心は笑った。目尻と口もとに皺がぎゅっと寄って、なんとも愛嬌のある顔になる。

「驚いたかい？　わたしは髪がね、すぐのびてしまうのだよ。これでも、今朝方、ちゃんと剃りあげていたのにねえ」

白菊を地面に下ろすと、定心は灰鼠色の前髪をさっと後ろにかきやった。

「うん。派手に動いて血のめぐりがよくなった分、髪の毛ののびも早いようだな」

白菊はぽかんと口をあけて、定心を見上げた。

勿径寺を預かる定心和尚は五十になるかならずと養父から聞いていたし、当人も四十八歳だと公言していた。が、もう十歳は若いのではないかと疑いたくなる。それに、たった半日で髪が一寸近くのびるなど、とても常人とは思えない。はったりではなく事実であるなら、定心和尚は僧侶ではなく神仙なのかもしれない。

それを言うなら、定心が連れてきた大童子のほうもすごかった。木剣一本だけで、槍や太刀をひっさげた山賊たちを次々に叩き伏せていくのだ。山賊側の攻撃はひとつとして彼に当たらず、逆に木剣で打ちのめされてしまう。そのさまを見て勇気づけられ、従者たちも武具を手に取り、山賊たちに反撃していく。

これでは勝ち目がないと判断したのだろう、

「まずいぞ、退け」

頭目がそう叫ぶや、山賊たちはその言葉を待っていたかのように、われ先に逃げ始めた。大童子の我竜も深追いはしない。従者たちは歓声をあげ、乳母も恐怖ではなく安堵から泣いている。

事態の急変に追いつけず呆然としている白菊の肩に、定心が手を置いた。

「もう大丈夫だよ、白菊丸」

深みのある声でそう言ってくれた定心を見上げて、白菊は細く長く息をついた。都を離れてからの緊張がやっとほどけていくのを感じていた。

「では、白菊丸はわたしたちが勿径寺に連れて参りますので、乳母どのはここから都にお戻りなされませ」

定心に言われ、乳母は最初こそ拒んでいたが、ぐずぐずしていると再び賊の襲来があるやもしれないと諭され、涙を呑んで都に引き返していった。

白菊は定心とともに馬に乗せられ、山道を下っていく。手綱を握る我竜はずっと黙している。彼の背には、白菊の少ない荷物が負われていた。

寡黙な我竜とは対照的に、定心はよくしゃべった。

「聞いているかもしれないけれど、これから行く勿径寺には、きみのような公卿の子息たちが寺稚児として暮らしていてね。歳も同じくらいの子がほとんどだから、きっといい友になれると思うよ。というか、なってもらわないと寺が困るんだな」

あっはっはっ、と定心はこれまたよく笑う。帽子を頭からかぶって灰鼠色の頭髪は覆い隠しているものの、その陽気さまでは隠しきれない。尊いお坊さまだと聞き、想像していた和尚像とはまるで違う彼に、白菊丸は戸惑わずにはいられなかったが、悪い印象はいだかなかった。むしろ、気さくなかたでよかったと思った。

白菊は自分の本当の父親が誰か、一切、知らされていなかった。それを尋ねてはいけない雰囲気を、ずいぶんと早くから肌で感じ取っていたのだ。

養父母がいて、実母も乳母もいて、女房や家人たちに囲まれて、それでなんの不自由もなかったので、父親のことをあえて知ろうとはしなかった。大人になれば教えてもらえるだろうと漠然と思っていたし、知るのが少し怖くもあった。それが定心といると、父とはこのようなかたなのかもしれないと想像し、不思議とわくわくしてくる。

「疲れているかな？　馬に乗るのは怖くないかな？」

そう尋ねてくる定心に、

「いいえ、全然」

白菊がはきはきと応えると、定心はその大きな手で頭をわしゃわしゃとなでてくれた。

「そうか、そうか。優しげな見かけの割に、胆力があって結構、結構。これは武芸を教えて、僧兵にしたほうが勿径寺のためにもよかったりするのかな？」

どこまでが本気なのか、よくわからないことまで口にする。馬を牽く我竜が振り返って定心を睨みつけると、

「冗談だよ、冗談」

彼はからからと陽気に笑い飛ばした。

「勿径寺はね、小高い山の東斜面全体を敷地として、そのいたるところに数多の堂宇や塔が建てられ、数多くの僧侶たちが日々、仏道修行にいそしんでいるのだよ」

移動中、定心はそのように寺のことを語ってもくれた。

「寺では公卿の子息である上稚児を十名近く、預かっている。きっと白菊もすぐに仲良く

なれると思うよ」

　そうであればいいなと、白菊も心の底から願った。

　寺に到着するや、白菊はさっそく、講堂で寺稚児たちが絵の講義を受けているところに連れていかれた。

「講義中に悪いが、お邪魔するよ」

　そう言いながら講堂に入ってきた定心を、老齢の講師が笑顔で迎える。文机（ふづくえ）に向かっていた寺稚児たちもいっせいに振り返った。彼らの視線は当然ながら、新参者の白菊に注がれていた。

「さあさあ、みんな、よく聞いておくれ。今日から、みなの仲間となる白菊丸だよ。仲良く頼むよ」

　あっさりした紹介に困惑（こんわく）しながら白菊は頭を下げた。挨拶（あいさつ）の言葉を事前に用意していたはずなのにそれが思い出せず、「白菊です……」と言うにとどまる。そのことがむしょうに恥ずかしく、顔が赤くなる。白菊は顔の赤みを隠すために、なおさら深く頭を下げた。

「では、あとはよろしく」

　講堂に白菊を残して定心は退出していく。白菊は心細さをおぼえたが、みなの手前、和尚を引き止めるわけにもいかない。

あとを引き取った老講師が、「では、そこの空いた席に」と、着席するよう白菊を促す。指示された通り、白菊が席に着くと、老講師はおもむろに講義を再開させた。

「さて。では、今日は梅の絵を描いてもらおうかの。ちょうどいまは梅の盛り。勿径寺の寺内だけでも、あちらこちらに梅が咲いておる。あえて見ずとも、その花の風情（ふぜい）、その香りは心のいずこかに刻まれているはず。それをそのまま、紙に写し取ってみなされや」

紙と筆、墨はすでに文机の上に用意されていた。白菊は墨を摩（す）りながら、心に梅の花を思い浮かべる。

まだこの地に着いたばかりで、寺の梅はろくに見てもいない。だから、白菊が心に浮かべたのは、華山中納言の邸の庭に咲いた紅梅だった。旅立つ白菊を見送るように、梢に鶯がとまっていたさまも、はっきりと眼裏（まなうら）に映じてくる。

白菊はひと息ついて筆を手に取り、紅梅に鶯の絵を描いていった。

他の寺稚児たちも呻吟（しんぎん）しながら、梅の絵を描いていく。老講師はゆっくりと文机の間を歩き、稚児たちの描く絵を覗（のぞ）きこむ。

その老講師の足が、ひときわ美麗な稚児の席の前で止まった。老講師は稚児の描く絵を眺めて、ほうとため息混じりの声を洩らした。

「さすがの腕前だのう」

垂髪の稚児はほんの少しだけ口角を上げて、「いえ、まだまだです」と謙遜する。何かを言われ
うむうむとうなずいて老講師は歩き出し、白菊の近くにまでやって来た。何かを言われ
ることを期待したわけではなかったのに、老講師は白菊の前で足を止め、「これは……」

と感嘆の声を洩らした。

「見事じゃ。梅はもちろんのこと、その鳥がなお素晴らしい」

てらいのない賞賛に、白菊はもとより、その場にいた寺稚児全員が驚きの表情を浮かべた。あの垂髪の稚児も、意外そうに目を見開いている。

「生き物を描く難しさをその歳ですでに乗り越えているとは。これは末が楽しみじゃのう」

老講師に褒められ、白菊も嬉しく感じた。と同時に、寺稚児たちの注視を浴びて、どういう顔をしていいものか、わからずに固まってしまう。中納言の邸では大人にばかり囲まれて、白菊自身と歳の近い子はほとんどいなかったのだ。

「ではでは、今日はここまで」

老講師は講義の終わりを宣言して、退室していった。そうすると、白菊の席のまわりに、自然と寺稚児たちが寄ってくる。新参のことが知りたくて、みな、うずうずしていたのだ。

「白菊、白菊と呼んでいいかな?」

「あ、はい」

「華山中納言さまの御子だと聞いたのだけれど」

「あ、はい……」

「本当に絵がうまいな。もう一度、見せてくれるかな」

「はい……」

「誰かに習ったのか?」

「いえ……」

矢継ぎ早に投げかけられる質問に、戸惑いながら対応しているため、どうしても言葉少なになる。それに、養父母の華山中納言のことも説明しづらい。中納言夫妻を本物の父母と思い、表向きにもそうしておくようにと、物心ついたときから言い含められていたので、ここでもそうしておくしかなかった。ましてや実母のことは、すでに話が通っている定心和尚以外、誰にも明かしてはならないのだ。

好奇心から白菊のまわりに集まってきた者たちの中に、あの垂髪の稚児は交ざっていなかった。彼は品のよい所作で文机の上の道具を片づけている最中で、そのそばには賢そうな顔立ちの稚児と、やけに体格のいい稚児が控えていた。さながら、本尊の左右に配される脇侍(わきじ)のごとくに。

白菊の視線が彼ら三人に向いていることに気づいた稚児が言う。

「気になるのか?」

白菊が否定も肯定もできずにいると、稚児たちは群れ雀(すずめ)のようにピイチクと勝手にしゃべり始めた。

「あのかたはな、朝廷で最も重きをおかれておられる内大臣さまの六番目の御子なのだよ」

「眉目秀麗(びもくしゅうれい)、学問にも秀(ひい)で、誠に非の打ちどころのないおかたで」

「その名も千手丸さまとおっしゃるのだ」

白菊の目が大きく見開かれた。千手の名を知った途端、母の言葉がありありと耳に甦ってきたからだ。

――あなたを授かったと知ったそのときから、母は千手観音さまに祈り続けてまいりました。

――きっとこれからも、観音さまがあなたを守り、導いてくださるでしょう。

もしかしたら、あそこにいる美麗な少年は、母が帰依(きえ)する千手観音の化身(けしん)なのかもしれない。そんな夢物語にも近い希望の明かりが、白菊の胸の奥底にふっと点(とも)る。

稚児たちはさらに続けた。

「そして、おそばに控えているふたりは、多聞に不動といって……」

「えっ？」

さらに驚き、思わず声をあげた白菊に、稚児たちは嬉しそうな顔をした。

「お、気づいたか」

「千手観音像の脇侍は毘沙門天像と不動明王像だものな」

「そして、毘沙門天は多聞天の別名でもある」

「偶然なのだろうけれど、面白い符合だろう？」

無邪気に面白がる稚児たちに、白菊も「え、ええ……」と曖昧に微笑んでうなずく。本当は、重なる偶然に宿命じみたものを感じ、胸がどきどきしていた。自分は来るべきところに来たのだと信じてもいいような気がしてくる。それは、中納言の邸の奥で隠れるように過ごしてきた彼にとって、まったく初めての感覚だった。

「千手……丸さま」

白菊が無意識に千手の名をつぶやいたそのとき、

「はいはい、すみません。お邪魔いたしますよー」

よく通る声で呼びかけながら、いがぐり頭の小僧が入室してきた。

寺稚児たちと年齢はそう変わらぬぐらいだろう。小柄だが、眉が太く、目に力があり、いかにも闊達そうな印象を受ける。彼は部屋を見廻し、

「白菊丸さまはおいでですか。ああ、あちらのかたですかね。はい、失礼、失礼」

白菊をみつけるや、稚児たちの間をひょいひょいとすり抜けて近づいてくる。公卿の子である上稚児たちに対して丁寧な言葉遣いをしているが、へりくだりすぎてもいない。

小僧は白菊の真正面に立ち、にっと歯を見せて笑った。

「知念と申します。白菊丸さまのお世話係を仰せつかりましたので、以後、お見知りおきを」

「あ、ああ……」

「では、お部屋にご案内しますので。ささ、参りましょう、参りましょう」

白菊の手を取り、有無を言わさずに引っ張っていく。白菊はされるがままだったが、知念の強引さを厭だとはこれっぽっちも感じていなかった。


小僧の知念に連れられて、新参の白菊が退室していく。その背中を、千手は無意識に目で追っていた。

「あ、絵を忘れていっているぞ」

稚児のひとりが、文机の上に残された白菊の絵を指さして言った。

「教えてやったほうが……」

が、彼らが立ち去った白菊を追おうとするより先に、千手が立ちあがった。

千手は黙って、白菊が使っていた文机に近づいていく。稚児たちは彼の雰囲気に圧(お)されて、動きを止める。その間に千手は文机のそばまで来て、白菊が忘れていった絵を見下ろした。

紅梅と鶯の絵。それを目にするや、千手は小さく息を呑んだ。

「これは……」

墨一色で描かれていながら感じられる、紅梅のあでやかさ。それ以上に、梢の上の鶯へと千手の視線は吸い寄せられた。

小さな鳥の細い脚の緊張、冷たい空気を含んだ羽毛の膨(ふく)らみ等、生き物の一瞬をこれほど巧(たく)みに捉(とら)えた描写を、千手はいままで目にしたことがなかった。どうしてこれを、本物の鶯を見もしないで描けたのかと驚嘆(きょうたん)してしまう。

鶯の絵に見入っている千手の背後から、誰かが声をかけてきた。

「すみません、あの……千手丸さま」

振り返ると、小動物を思わせるつぶらな瞳が、まっすぐに千手をみつめていた。退室したはずの白菊だ。絵を置き忘れていたことに気づき、取りに戻ってきたのだろう。

白菊の視線の信じがたい純粋さに気後れし、千手はたじろいだ。と同時に、たじろいだ自分への怒りが、頭の芯からぶわりと噴き出す。

それは千手にとって初めて知る、どす黒い感情だった。

（なんだ、これは）

怒りに身を任せる以前に、驚きと困惑のほうがまさって千手は震えた。

次に、こんな負の感情をもたらしてくれた目の前の少年に、無性にいらだたしさをぶつけたくなった。

そもそも、中納言の庶子風情をどうして定心和尚は特別扱いするのか。わざわざ出迎えたり、世話係をつけたりと、これはやりすぎではないのかと、不平不満はとめどなく湧き起こってくる。感情の波の激しさに千手自身が追いついていかない。

それでも、千手は幼い怒りに身を任せるような真似だけはしなかった。寺いちばん優秀な稚児だと自他ともに認める矜持が、それを許さなかったのだ。

「千手でいいとも」

表向きは冷静に、そう返した千手の言葉に、まわりにいた他の稚児たちが「えっ」と声をあげる。

「千手さま、それは」とわざわざ言う者もいて、白菊も彼らが言わんとしていることにすぐ気づいた。

「……みなは『千手さま』とお呼びしているようですが」

千手は頭を左右に振った。白菊の絵から受けた動揺を悟られたくなくて、

「好きに呼べばいい」

いかにも面倒くさげな返事をして、その場から離れる。すかさず、多聞と不動が千手の脇についた。彼らはまさに千手観音像の脇侍となる二体の武神像さながら、こうなると誰も千手には近づけなかった。

白菊が寺に到着して早々のこの一件は、瞬く間に寺中に広まった。今度の新入りはどこか違う、との意見とともに。

老講師が白菊の絵の才をよそでも褒めちぎったせいもあろう。定心和尚が直々に出迎えたのも、与えた影響は大きかった。あの面倒くさがり屋の和尚さまが――との前置きをつけて、稚児たちのみならず、小僧や修行僧、講堂の講師たちや雑用の寺男、門番に至るまでもが、この話題を取りあげていたのだ。

「……と、言われているそうですよ」

大童子の我竜が、むっつりと仏頂面（ぶっちょうづら）で報告するのを、当の定心は自室でごろごろと寝そべって聞いていた。頭にかぶった白い帽子（もうす）からは、灰鼠色の前髪がちらりと覗（のぞ）いている。その前髪のせいか、それとも不謹慎なにやにや笑いのせいか、齢（よわい）四十八にはとても見えない。

「そうなのか。みんな、仲良くしてくれているようで、よかったよかった」

「この話のどこが、よかったよかったなのですか」

定心の身のまわりの世話を長く務める我竜は、苦々しさを隠さず、遠慮もせずに和尚を睨みつける。

「新参者のくせに、来た早々にひとり部屋をあてがわれ、しかもお世話係までつけてもらえるなんて、分不相応だ。そんなふうに寺稚児たちに陰で言われるのが、聞こえてくるかのようですよ」

「言われているのか？」

「直接、聞いてはおりませんが、そのような話が出てもおかしくないかと。よくないことです」

我竜の苦言に定心は頓着（とんじゃく）せず、「言わせておけ、言わせておけ」とくり返し、ひらひらと手を振った。

「何もせずとも、多少の小競り合いはどうしたって起きることだから。幼い子たちはそうやって、ぶつかり合いながら成長してくれればいいよ。それより、もっと命に関わりそうな大きな危険に留意しなくてはね」

「命に関わる……ですか」

我竜のただでさえ生真面目な表情が、目を細めたことで、より厳しくなる。彼らが迎えに行かなかったら、白菊と乳母は峠の山道で賊に殺されていたかもしれなかったのだ。

「そのためにも知念をつけたのですが、あの者ひとりで対応できるかどうか……」

「できないだろうねえ」

本気で危惧しているのにあっさりといなされ、我竜は「定心さま！」と声を荒らげた。

「おお、怖い、怖い。我竜はなんでもかんでも心配しすぎだよ」

「定心さまがお気楽すぎるのです」

「はいはい。気をつけましょうかね」

口ではそう言いつつ、定心の太平楽とした態度はいっこうに変わっていなかった。

——和尚と大童子がそんな会話を交わしている一方、寺稚児たちも寄ると触ると、新参の白菊の話題を口にしていた。そのほとんどが、あまり芳しくない方向へと流れていく。

「新参者のくせに、来た早々にひとり部屋をあてがわれ、しかもお世話係までつけてもらえるとはな。おかしくないか？」

　ひとりがそう切り出せば、別の稚児たちも次々に否定的な意見を述べ始める。

「中納言さまの子息だからかなぁ。でもなぁ、華山中納言さまはそれほどの権勢を誇っているわけでもなし……」

「わたしの父上も中納言で、しかも母上は正室だ。それでも、和尚さまに直接、出迎えていただけたりはなかったのに」

「あの千手さまにも、それはなかったはずだぞ。そもそも、和尚さまは筋金入りの面倒くさがり屋のはずだろう？」

　なのに、なぜ。

　明確な答えは出ない。だからこそ、もやもやとした感情が、みなの心の底に澱のように溜まっていく。

　白菊に絵画の才能があることも問題だった。それまで、一の絵上手は千手で間違いなかったのだ。千手はその完璧さから稚児たちからの支持も多く、当人が望むと望まないとに関係なく、偶像視されていた。その存在を脅かす邪魔な異分子として白菊が認定されたのだ。最初こそ、新入りへの物珍しさから浮かれていた稚児たちも、態度を変えるのは早かった。

「ここはひとつ、新参者に自分の立場をきっちり、わからせてやるべきかな……」

誰からともなく出た底意地の悪い提案に、異を唱える者はひとりとしていなかった。


ありがたい仏典や経文(きょうもん)に関してだけでなく、絵画や和歌なども学んで、広い教養を身につけていく。白菊が勿径寺(もっけいじ)で指導された内容は、そのようなものだった。

それ自体は苦ではなく、立派な僧侶になるために必要なことなのだと思い、むしろ進んで学問に取り組んでいった。そんな白菊の前向きな姿勢は、講師陣から高く評価された。

白菊を質問責めにしていた稚児たちは、なぜか途端によそよそしくなった。が、白菊はまだ、いずれまた彼らとも自然に親しくなれるだろうと楽観視できた。それも同年代の知念が何かと世話を焼いてくれていたため、寂しさを感じずに済んでいたからに他ならなかった。

きっと、そのうち、みなとも仲良くなれるはず。あの千手さまとも、きっと。

そう、白菊は信じることにした。

でなければ、千手観音と同じ名を冠した少年にめぐり逢えるはずがない。これはきっと、御仏(みほとけ)のお導きに相違あるまいと。

それでも、夜中にふっと目を醒ました折、母上さまはいまごろ、どうしておられるだろうかと考えずにはいられなかった。喪失感に胸が痛み、涙が目尻からあふれ、嗚咽が喉から洩れそうになる。その都度、白菊は夜具を頭から引きかぶり、寂しさを忘れて眠ろうと努力した。

そんなある日、白菊は講義のあとで数人の稚児たちから「ちょっといいだろうか」と声をかけられ、講堂の裏手に連れ出された。

ようやく、みんなと本当に仲良くなれるかもしれない。そんな期待を胸に、白菊はなんの警戒もせずに講堂裏についていく。稚児たちはそこで、白菊が思ってもなかった話をし出した。

「実はな、新参者の白菊は知らないだろうが、この勿径寺は他の寺院にはない重大な責務を担っているのだ」

「責務……ですか？」

そうとも、と稚児たちはそろってうなずく。みな、妙に肩肘張った、堅苦しい表情をしていた。

「始まりは勿径寺とは関係がないが。ここよりも都に近い、宇治のとある古寺の宝蔵に、いつの頃からか、力ある物の怪たちの死骸が納められるようになったのだよ」

「物の怪たちの死骸？」

「ああ。それもかの大悪鬼、酒呑童子の首に、九尾の狐の死骸。さらには、鈴鹿山を根城にしていた鬼の大嶽丸の首や、他にも世に知られていない珍しい宝の数々が、かの寺の宝蔵にて永年、守られ続けてきたのだ」

宝蔵とは文字通り、宝の蔵。寺院では主に経典などを納める場所だ。そこにまさか、物の怪の死骸が納められるとは。

いったい何を言い出すのだろうと白菊はいぶかしんだ。が、稚児たちは誰ひとりとして、表情をくずさない。語り手の稚児も生真面目な口調で話を続ける。

「ところが、都のすぐ近くで幾度となく戦乱が巻き起こり、宇治の古寺はそのあおりを受けて、ついには焼け落ちてしまった。このままでは、寺の宝蔵に封印された物の怪たちが復活し、世をさらなる混乱に陥れかねない。なので、都よりさらに遠い勿径寺が物の怪たちの死骸を引き取り、寺内に建立した宝蔵の奥深くに再び封印し直したと、そういうふうに伝わっている。そこで——」

いったん話を区切り、稚児はこふんと咳ばらいをしてから言った。

「勿径寺に新たに入ってきた者は、その胆力を鍛えるため、夜中にたったひとりで宝蔵に行かねばならないと、昔から定められているのだ」

「定め、ですか」

白菊は首を傾げた。

「そんな話は和尚さまからも知念からも一切、聞かされておりませんが」

まわりを囲む稚児たちの目が、あわただしく泳ぐ。語り手の稚児も急いで言葉を重ねた。

「それはきっと、寺に入ったばかりの白菊にそんな危うい真似はさせられないとの、和尚さまなりのご配慮だったのだろう。相手は物の怪。死骸とはいえ、なんらかの祟りを引き起こさないとも限らないわけで、和尚さまのお気持ちもわからないではない。だがな、われらはみんな、入山したての折にそのような試練を乗り越え、ここにいるわけだ。なぜ白菊だけが試練を受けないのかと、不満を溜めている者は少なくない」

「そうだったのですか……。みなさまがわたしによそよそしく振る舞われていたのは、わたしが試練を受けていないがためだったのですね」

「そうとも。そういうことだ」

語り手ばかりでなく、他の稚児たちもここぞとばかりに首を縦に振った。単純な仲間はずれ、憧れの千手よりも絵の才があると見せつけてくれたことへのやっかみ、そんな幼い感情ゆえだったとは、誰もおくびにも出さない。

物の怪と聞いて、白菊も怖じなかったわけではない。困ったことになったと頭を抱えもした。が、他の稚児たちに受け容れてもらうきっかけになるやもと期待する気持ちも生じる。白菊の中で、後者のほうが次第に大きくなっていく。彼が覚悟を決めるのに、長い時間はかからなかった。

「わかりました。特別扱いはわたしも望みません。受けましょう、その試練を」

おおっと稚児たちが声をあげる。彼らはたちまち笑顔になり、口々に白菊の勇気を讃えた。

「よく言ってくれた。さすがは中納言さまの御子だ」

「それでこそ、われらの仲間」

「さっそく今夜、みなが寝静まった時刻に宝蔵に向かってもらおう」

「わかっていると思うが、和尚さまにも知念にも、このことは絶対に告げてはならないぞ」

くどいくらいに念押ししてくる稚児たちに、白菊はいちいちうなずき返した。

これでやっと彼らに受け容れてもらえる。そう思えば、うっとうしくは感じない。むしろ、自然に浮かんでくる笑みを抑えることができずにいるくらいだった。


その夜、千手は自分に与えられた一室で文机に向かい、ひたすら絵を描いていた。

題材は鶯。小さな鶯が梅の梢にとまったところ、空を飛ぶところ、餌を探して地面の落ち葉をついばんでいるところ。さまざまな場面を描いており、どれも素晴らしい出来映えなのだが、千手の表情は晴れない。

描いては紙を文机からはたき落とし、描いてはまた紙を飛ばす。部屋中に散らばる反故紙は増える一方で、不動がいちいち拾い集めるも追いつかない。

「夜もふけてきましたし、そろそろ休みませんか？」

不動がそう言っても、千手は無心で絵を描き続けている。不動は嘆息し、

「いい絵だと思いますが、何がお気に召さないのですか？」

と率直に問うた。いつも千手の身近にいる彼だからこそ、言えた質問だった。

千手は肩越しに不動を冷たく睨みつけ、視線以上に冷ややかな口調で告げた。

「この程度では駄目なのだ」

不動は肩をすくめて反故紙を拾い続ける。

体格のいい不動は、腕っぷしでは歳上の修行僧にも負けていない。彼とやり合って勝てるのは、大童子の我竜くらいではないかとさえ言われている。

だからこそ、おのれの得意な分野で新参者に超えられた危機感は理解できないのだと、千手もそこは理解していた。

自分は誰よりも秀でていなくてはならない。いまは山里の古くさい寺院に預けられているが、それは単に幼いがゆえ。いずれは都に呼び戻されて、父や兄とともに栄光の階段をのぼっていく。あるいは出家して大寺院を任されるような身分になるかもしれない。いずれにしろ、中納言の庶子などに遅れをとってはいられないのだ。

千手がおのれに気合いを入れ、再び絵筆を走らせていると、もうひとりの取り巻きの多聞がさっと入室してきた。黙々と絵を描く千手とちらかった部屋を見やって、彼はあきれたふうに言う。

「まだやっておられるのですか」

「おう、言ってやってくれ、言ってやってくれ。根の詰めすぎはよろしくないと、いくらわたしが言っても、いっこうに聞き入れてくださらないのだ」

ぼやく不動に苦笑を投げかけ、多聞は千手の真後ろに寄り、「面白い話を聞いてまいりました」と声をかける。

そうか、と千手は気のない返事をして、絵筆を動かし続ける。多聞は何もかも心得た顔をして、静かに告げた。

「例の、白菊丸という新参の稚児なのですが」

千手の手がぴたりと止まった。不動は反故紙を拾い続けるふりをしながら、ちらちらと千手たちの様子をうかがっている。多聞は場の注意を充分ひきつけたことを確認してから言った。

「なんと、あやつは今上帝の落とし胤であると……」

「今上帝の？」

驚きの声をあげたのは不動だった。

「まさか。主上にはすでに、第一皇子であらせられる一の宮さまがおいでだぞ。しかも、つい最近、二の宮さまがお生まれになったばかりではないか」

「だからではないのか？」

素直に驚いてくれる不動を面白がりながら、多聞は言った。

「一の宮さまは御年五歳。いまだ幼く、しかもお身体の弱いかただと聞いている。このままでは、いつ主上の後継が絶えるかもわからない。なので、こたび、一の宮さまの母君である氷野の女御さまが二度目のご出産を迎えられ、周囲からは大いに期待されていた。そして見事、第二皇子を産みまいらせ、女御さまはご実家の氷野家から大絶賛されたそうだ」

娘を帝の後宮に入らせ、男児を産ませ、その子を次の帝に据える。そうして、新帝の外戚として母親の実家が権力を握る。古来より受け継がれてきた、わかりやすく確実な権力掌握の手段だ。

山里で暮らす寺稚児には必要もないはずの宮中の事情を、多聞はすらすらと述べていく。

不動はううむとうなって腕組みをした。

「つまり、正室腹の男子がもうふたりもいるのだから、側室腹の第一子は不要だとみなされ、寺に厄介払いに出されたと、そういうことか」

多聞は不動のあけすけな表現を咎めもせず、逆に大きくうなずき返した。

「しかも、白菊はおそば仕えの女官が産んだ子らしい」

「女官？　正式な妃でさえないと？　ああ、ならば都を追われるのも仕方がないな」

それまで黙っていた千手が、確認をとるようにつぶやく。

「新参者は帝の御落胤、か……」

多聞はうなずき、「そのようで」と返した。

「道理で、和尚さまがあいつをわざわざ出迎えたりなさるわけですよ」

と、不動は納得していたが、千手の表情はまだ疑わしげだ。

「いまの話は、どこまで確かなのか」

「さて、修行僧たちの噂話に過ぎないといえばそれまでですが、かなり信憑性は高いかと。主上に一の宮さまよりも年長の御子がおられるとの噂は、わたしも以前に耳にしたことがありましたから」

「多聞は頭だけでなく耳もいいのだな」

不動が真顔で褒め、多聞は自負するように薄く微笑む。

そんな話をしていた折、誰かがぺたぺたと素足で簀子縁を歩いてくる音が聞こえてきた。

さっそく不動が反故紙を置いて、様子を見に簀子縁に出ていく。鉢合わせしたのは、小僧の知念だった。

「なんだ、知念か」

「どうも、不動丸さま」

格上の上稚児に、知念は一礼して言った。

「こちらに白菊さまはおいでではありませんか？」

「いるわけがないではないか」

即答する不動に、「ですよねぇ」と知念は笑いかける。

「やれやれ。こんな夜ふけにどこに行かれたのか」

多聞が言う。

「月も出ているし、気晴らしにそのあたりを歩いているのかもしれない。寺に来たばかりの頃は、そういう気分になることもある」

「なるほど、それはそうかもしれませんね。では、お帰りを部屋で待つことにしましょうか。どうもみなさん、お邪魔をいたしました」

　来たときと同じく、ぺたぺたと足音をさせて知念は去っていく。その音が完全に聞こえなくなってから、多聞が言った。

「そういえば……、昼間、講堂の裏で白菊が稚児たちに囲まれているのを見ましたよ」

　ピンとくるものがあったのか、不動が濃い眉をひそめる。

「なんだ。さっそく新参いびりが始まったか？」

「おそらくは」

　千手が小さくため息をついて立ちあがった。不動と多聞が異口同音に「どうされました？」と彼に訊く。

「疲れたので、少し外を歩いてくる」

　不動が額面通りに受け取って「これからですか？」と驚く一方、多聞はにこりと笑って「では、お供いたしましょう」と申し出た。

「必要ない。それよりも、おまえたちは新参の白菊を捜すといい」

「白菊をですか？　ほうっておけばよろしいではないですか」

　いちいち驚く不動の広い肩を、まあまあと多聞が叩く。千手は淡々とした口調で言った。

「白菊がまこと主上の御落胤ならば、ほうってもおけまい。寺内には思いがけないところに急な崖があったりする。慣れない白菊が足を踏みはずして怪我でもしたら大ごとだ」

「なるほど。そういうことでしたらば、わたしと多聞で行ってまいりましょう。千手さまはどうか、お部屋で……」

　みなまで言わせず、千手はしかめっ面で振り返った。

「言っただろう？　わたしは気晴らしに外を歩きたいだけだ」

　言いながら、千手はけだるそうに髪を後ろにかきやった。彼の長い髪は燈台の明かりを反射して、つやつやと烏の濡れ羽色に輝く。

　困惑する不動に代わって、多聞がすまし顔で言った。

「では、わたしたちは稚児たちの誰かに、白菊に何を告げたか聞き出してみます。そのほうが、宛てもなく寺内を歩くより効率的ですからね。何かわかりましたら、千手さまにご報告いたしますので、あまり遠くへは行かないでくださると助かります」

　うむ、と千手がうなずく。

　不動は勢いよく挙手をし、前のめり気味に言った。

「その聞き出し役、わたしがやろう」

「締めあげ役の間違いだろう」と多聞が訂正を入れる。

　千手も多聞と同感だったが、そんな乱暴なことはやめろと不動に命じるつもりはさらさらなかった。

半分ほどに膨らんだ月が、山の斜面に点々と建つ堂宇の屋根を照らしている。

おかげで、案じていたよりも夜の寺内は明るい。これならば松明の類いがなくともどうにかなるなと思いつつ、白菊は宝蔵を目指し、緩やかな勾配の砂利道をひとり歩いていた。

勿径寺に新たに入った者は、胆力を鍛えるため、夜中にたったひとりで宝蔵に行かねばならない。その宝蔵には、古の物の怪たちの死骸が納められているらしい——

怖くないと言えば嘘になる。が、ここで尻込みしては寺稚児たちに仲間として受け容れてもらえまい。寺で修行を重ね、立派な僧侶となって母との再会を果たす。そのためには、こんな初手でつまずいてはいられないのだ。

涙に暮れながら別れた実母の切なげな顔を思い返せば、毎夜訪れる宵闇をおそれる暇さえ惜しい。ひと晩で片づく試練なら、さっさと片づけてしまおうと、白菊もすでに腹をくくっていた。

何も告げずに出てきてしまったので、知念には要らぬ心配をさせてしまうかもしれない。それだけは気がかりだったが、あとでよく説明しておくしか対処法は考えられなかった。

大丈夫、何も起こりはしない。生きた物の怪ならともかく、死骸が納められているのに過ぎないのなら、怖がる必要などそもそもないのだから……。

そんな理屈を並べながら白菊は歩み、ようやく宝蔵にたどり着いた。

瓦葺き（かわらぶ）の建物は古めかしく、観音堂や地蔵堂といった寺内の各所に点在する他の堂宇と見た目の違いはほとんどない。ここにそんな貴重な——危険な呪物が収蔵されているとは、にわかには信じがたい。それらしさを無理に探そうとするなら、扉にやけに大きな錠前がぶら下がっている点だろうか。

鍵は寺稚児のひとりから、すでに預かっていた。堂宇を管理する寺男のもとから、こっそり持ち出してきたらしい。これで宝蔵の中に入り、蔵の奥に置かれている祭壇から何か行った証し（あか）になりそうなものを取ってくる。それが白菊に与えられた試練だった。

昔話でいうなら、即、仏罰が当たりそうな展開だ。ましてや、宝蔵に納められているのは物の怪の死骸。どんな祟りが及ぶか、知れたものではない。それでも、ここまで来た以上はやらなくてはならない。

息を詰めて、扉にかかった大きな錠に鍵を差す。いっそ、鍵が合わなければ言い訳もたつのにと思いながら鍵を廻すと、かちりと乾いた音がして錠がはずれた。白菊は唇を堅く結んで、宝蔵の扉をゆっくりとあけた。

中は真っ暗で、何も見えなかった。これでは祭壇がどこにあるのかも見分けがつかない。扉はあけたままにして、外から射しこむ光を頼りに奥へ進むしかあるまい。

扉に寄りかかり、目が闇に慣れるのを待ってから、白菊はそろりそろりと宝蔵の中へと歩を進めた。ところが、床板のわずかな段差にさっそくつまずき、転倒する。

前のめりに倒れた白菊は、右膝を床に思い切りぶつけてしまった。うわぁ……と小さく声をあげ、しばらくしてから、括り袴の裾をめくって膝に触ってみる。皮膚が少しめくれているのだろう、ざらざらとした感触が指先に伝わってきた。血も出ているようだ。が、そんな大した傷でもない。これなら大丈夫と、白菊は自分に言い聞かせた。

「もっと注意深く進まないと……」

声に出してそう言いつつ、宝蔵の奥に向けて目を凝らす。そのとき、さっきまではなかったはずのモノが、白菊の目にとまった。

墨よりも黒い真の闇に閉ざされた中、白い霞がぼんやりと漂っている。それは最初、霧の塊のようにも見えた。

静かに揺らいでいる。煙のような靄をまとって。

宝蔵の中は空気がほとんど動いていない。なのに、それは常に微風を受けているかのごとく、細かく、あえかに蠢いている。

白菊の目が慣れてきたのか、それともそれが形を変えたのか。霧の塊のようだったそれは、次第に違うふうに見えてきた。

四足獣、と白菊は思った。真っ白くて長毛な。その繊細な体毛が、ひとではほとんど知覚できない空気の流れを捉えて立ちあがり、煙か湯気のようにゆらゆらと揺らいでいる。

ただし、なんの獣なのかは判別がつかない。細長い頭部に長い脚を見れば、鹿か馬のようでもある。が、大きな口の端からは鋭い牙が覗いている。非常に大型の狐のようにも見える。にしても、目があるべきところにそれが見当たらないのは奇妙だ。耳もない。それとも、蔵の中が暗すぎて白菊が視認できないだけなのか。

あれはもしや、宝蔵に封印された物の怪か。そう考えただけで、白菊は動けなくなってしまった。いや、下手に動くと、むこうの注意を引きつけてしまいかねない。

白菊が固まっていると、それは鼻先を高く上げ、くんくんと空気のにおいを嗅いでから、ため息のような声を洩らした。

「おや……。血の香りがするよ……」

女の声だ。若くはないだろうが、歳をとりすぎてもいない。品があると同時に、なまめかしくさえ聞こえる。

「不思議と懐かしい香りだねえ」

そんなことをつぶやきながら、それは一歩一歩、白菊に近づいてきた。歩みに合わせ、逆立った白い体毛も細かく揺れている。

白菊が叫び出す前に、それは歩みを止めた。細長い顔の両脇に細い切れこみが生じ、それが開いて一対（いっつい）の目となる。瞳の色は甘い糖蜜のようだ。小さいながら、耳も立つ。耳のほうは単に伏せていただけのようだ。

目と耳がつくと、それの印象はだいぶ狐に近くなった。もしや封印された九尾の狐なのだろうかと、白菊は焦（あせ）る。ただし、それには尾がひとつしかない。形も狐よりは細く、猫の尾に似ている。なんにしろ、人語をしゃべる獣が普通の存在であるはずがなかった。

物の怪だ、と白菊は確信した。この寺が宝蔵に物の怪を封印しているという話は本当だったのだ。しかも死骸ではなく生きている。

正体不明の白い物の怪は、糖蜜色の瞳でじっと白菊を観察してから言った。

「今参（いままいり）の稚児か」

今参とは新参の意だ。

「こんな夜ふけに、こんなところへ幼い子がひとりで来るものではないぞ。鬼に喰われてしまうかもしれぬからのう」

諭すようなその口調は、別れてきた乳母を思わせた。そのせいだろう、恐怖の呪縛がほ

ん の少しやわらぎ、白菊はかすれ声ながら相手に問いかけることができた。

「……おまえは鬼なのか？」

「さあ？」

物の怪は小首を傾げた。

「角は持っておらぬが」

「では、九尾の……」

「われが何者であったのか、もうすっかり忘れてしもうたよ」

その緩慢で優美とも言える動きに、なまめかしい声に、白菊はなぜか惹きつけられてしまう。おそろしくてたまらないのに、目が離せない。

物の怪は再びゆっくりと白菊に近づいてきた。一定の距離をおいて立ち止まり、大きな口が少し開いて、薄紅色の細長い舌をするりとのばしてくる。物の怪の舌先は、白菊の怪我をしたほうの膝小僧を舐めて、すぐに引っこんだ。白菊は驚き、めくりあげたままにしていた袴を急いで下ろした。

「なるほど」

白菊の血の味を口の中で転がした結果、物の怪は何かを察したようだった。

「おまえの血の香りと味は……、忘れていた遠い昔を思い出させてくれそうだ」

過ぎた過去を懐かしむように、物の怪は目を細めた。そうすると、白い体毛にまぎれてしまい、目の位置がまたわからなくなる。が、物の怪はすぐに目をあけ、白菊を見据えて言った。

「悪くない心地にさせてもらえた。礼をしよう。何が欲しい？」

「何がって……」

こういう妖しげなモノから授けられた品は、よからぬ事態を招きそうな予感がして、白菊はためらった。が、ここに来た目的を果たさずに帰るのも気が引ける。

「祭壇の何かを……、ここに来た証しになるような物を持ち帰らないといけなくて」

くっ、と物の怪の喉が鳴った。くっ、くっ、と続けざまに鳴ることで、それが笑い声だとやっと白菊にもわかった。ただし、なぜ笑われているのかは、いまひとつ理解できない。

「そういう理由で来たわけか」

「理由？」

「誰かに言われたのだろう？　物の怪を封じる宝蔵にひとりで行って、証しになるような物を持ち帰ってこいと」

「……新参は必ず受けねばならない試練だそうだから」

くっくっくっと、物の怪がより声を高くして笑う。笑いすぎて涙が出てきたのか、それは前脚で猫のように顔をぬぐった。

「試練を受けに来た今参の稚児など、われはこれまで見たこともないぞ」

「えっ？　それって……」

「つまりはそういうこと。謀られたのだよ」

「そんな……」

「いかにも寺稚児らしいな。幼い、幼い」

笑いながら、物の怪は白菊から離れ、宝蔵の奥へと移動した。その先に祭壇が設けられていることに、目が闇に慣れてきた白菊は遅まきながら気がついた。

仏像の前に設けられる壇のように、燭台や香炉、花立てなどが置かれている。物の怪は前脚を祭壇にかけると、香炉の蓋を咥え、白菊のもとに引き返してきた。咥えていた香炉の蓋を彼に渡し、

「これを証しにすればよい」

「……ありがとう」

ぺこりと頭を下げた白菊を、物の怪は目を細めてじっとみつめた。

糖蜜色の瞳から、その感情を読み取るのは難しい。逆立った長い毛は、依然、煙のように揺らぎ続けている。まるで霞の衣をまとっているようにも見えて、異形ではあるものの

美しいと感じざるを得ない。

しかも、夜中に宝蔵に勝手に入ったことを責めもせず、証しの品まで渡してくれるとは。もしかして、これはいい物の怪なのかもと白菊が思っていると、

「おお、そうだ。知っているか？ ここに封じられているのは、われのみではないのだぞ」

言われたと同時に、白菊の足裏に不気味な震動が伝わってきた。何かが宝蔵の真下で大きく身震いしたかのごとくに。

同じ震動を感じたのだろう、白い物の怪がにやりと笑う。

「鬼が起きてくる前に出ていったほうがいい。やつらはわれと違って、かなり粗暴であるからのう」

宝蔵には、九尾の狐の死骸だけではなく、源頼光（みなもとのよりみつ）に退治された酒呑童子、鈴鹿山で暴れた大嶽丸といった、おそろしい悪鬼の首も納められているという。稚児たちから聞いた話を思い出し、白菊は血相を変えた。

振り返ると、宝蔵の扉がゆっくりと閉まり出していた。足もとの震動はまだ続いている。もしかしたら、この震動の影響で扉が動き始めたのかもしれない。

閉じこめられる。その恐怖に突き動かされて、白菊は走った。

あの扉が閉まったら、蔵内は完全な暗闇となる。そんなところで鬼やら妖狐（ようこ）やら複数の

物の怪に囲まれて、無事で済むはずがない。白い物の怪は直接、手出しをしてこなかったが、闇の中で豹変し、襲ってこないとも限らないのだ。

（早く、早く逃げなければ）

大した距離ではないのに、気持ちばかりが逸って足がもつれる。扉の隙間は徐々に細くなり、そこから射しこむ月明かりは、もはや、ほんのわずかだ。

あともう少しで扉は完全に閉まる。ここは闇に包まれる。鬼が目醒める。そうなったら、おのれの命はきっとない――

絶望に胸がつぶれそうになる寸前、外から差し出された細い指が、閉まりかけていた扉の縁をつかんだ。ぐいっと扉を引きあけたその手の持ち主は、千手だった。

「千手さま……！」

千手は眉をひそめて、ぼそりと言った。

「やはり、ここだったか」

寺稚児たちを締めあげるまでもなく、新参者を怖がらせる手段として、何かと噂のある宝蔵を用いるのはお約束だろうと判断し、千手はまっすぐここに来たのだった。そうとは明かさず、彼は白菊に素っ気なく言った。

「知念が捜している。帰るぞ」

くるりと背を向け、千手は歩き出す。

白菊は宝蔵の中を振り返ったが、蔵内は真っ暗で、あの白い物の怪の姿はどこにも見当たらなかった。まるで最初からそんなものはいなかったかのように。

足もとの震動も、ぴたりとやんでいる。白菊の手の中に残された香炉の蓋だけが、一連の出来事が夢まぼろしでなかったことの証拠だった。

「何をしている。ぐずぐずするな」

千手がいらだたしげに呼ぶ。白菊はあわてて扉を閉め、千手のもとに急いだ。

「千手さま、あの、あの……。わたしを助けに来てくださったのですね」

「助ける?」

千手は歩みを止め、しかめっ面をして振り返った。

「勘違いをするな。どうして、わたしが助けになど……」

「でも、こうして来てくださったではありませんか」

「それはおまえが今上帝の御落胤と聞いたからだ。でなかったら、誰がわざわざ――」

「今上帝の?」

まったく予期していなかったことを千手から聞かされ、白菊は衝撃を受けて硬直した。

「わたしが……、御落胤……」

唐突すぎて、最初は理解ができなかった。言葉の意味が頭に染み通っていくにつれて、白菊の身体はざわざわと震え始めた。

どうして、中納言夫妻が実の親であるかのように振る舞っていたのか。どうして、実母は中納言邸の奥深くで身を隠すように暮らしていたのか。そしてどうして、自分は寺に預けられることになったのか。

そのすべての答えが、千手から告げられたひと言の中にあった。

白菊自身も中納言の邸内でひっそりと育てられ、外の世界のことはほとんど知らされていなかった。それでも、今上帝に幼い第一皇子がいて、第二皇子が生まれたばかりという話は、女房たちがひそひそと噂していたので知っていた。勿径寺に行く話が出たのは、その直後だったような記憶もある。

すべては自分が帝の子であったから。そう考えれば、さまざまなことに合点がいくのだ。欠けていた部分が埋まって、ひとつの絵が完成したかのようだった。あるいは、濃く立ちこめていた霧が晴れて、行く手が唐突に見えてきたような。

もたらされた開放感は、白菊が初めて知る感覚だった。それまで囚われていたことにさえ気づいていなかった分、衝撃の大きさは計り知れない。

千手も白菊の反応がただならぬのを感じ取っていた。

「まさか、知らなかったのか?」

「はい……」

気まずい思いが千手の顔に広がる。こういうとき、何をどうすればいいのかと激しく動揺する千手に、白菊は目を潤ませながら言った。

「やはり、あなたは千手観音さまの化身……。わたしの運命の導き手だったのですね」

「……は?」

「母上さまに言われたのです。千手観音さまがわたしを守り、導いてくださると。その観音さまと同じ名を冠したあなたとこの刎径寺で出逢えたのは、もはやただの偶然とは思えません。千手さま、これはきっと運命の出逢いなのです。間違いなく運命です」

相当な熱量で運命だと連呼され、千手の端整な顔がぐぐっと変形した。目は大きく見開かれ、鼻孔は横に広がり、唇は左右非対称に歪む。その口から飛び出した言葉は、上品とはとても評しがたかった。

「な、何をたわけたことを言っているのだ、おまえは。おそろしさのあまり、どこかおかしくなったのか?」

「いいえ、いいえ」

首を横に振りながら、白菊は笑った。

「わたしがおかしくなったというのなら、それは喜びがあまりにも大きかったからですよ」

「はああ？」

なんと罵倒されようとも、白菊の歓喜は消えない。遠い極楽にしかいないと思われていた観音の化身が、こんなにも身近にいたという驚きと喜びは、そうそう容易くしぼみはしないのだ。これまで胸をふさいでいた心細さが一気に解消してしまったのだから、無理もなかった。そうとは知らない千手が白菊を薄気味悪く感じるのも、これまた仕方なかった。

「わたしは嬉しいのです。本当ですよ。千手さま、千手さま」

「わかったから、へらへら笑っていないで早く部屋に戻れ。いつまでも、こんな物騒なところにいるんじゃない」

「はい。では、いっしょに参りましょう」

「おまえといっしょにだと？」

千手は口を極限にまで歪め、白菊に言い返そうとした。が、適した言葉がみつけられず、

「勝手にしろ」

短く言い放って、せかせかと走り出す。白菊も、千手の背中を追って走り出した。

千手が露骨に走る速度を上げても、白菊もめげずに彼を追っていく。むしろ、そうやっ

て追うのが楽しくさえあった。膝小僧の痛みもなんのその、身体は翼を得たかのように軽い。心も軽い。

自分が誰だか、やっとわかったからだと、白菊は自覚していた。この寺に預けられたのは見捨てられたからではなく、千手観音の化身と出逢うためだったのだとも思えたから、なおさら。

いつまでも嘆いてはいられない。帝の御落胤という大きすぎるしがらみにはこだわらず、俗世とは違う世での成長を図ろう。そうしてこそ、なんの縛りもなく実母との再会も果たせるだろうから。

（ですよね、母上さま）

走る千手の表情が、せっかくの美貌が台無しになるほど必死になっているのも、白菊には見えていない。くすくすと笑う物の怪の声が近くで聞こえたような気もしたが、そこに厭な感じはまったくない。

傍目（はため）には、仲良しの稚児がふたり、月下で無心に追いかけっこに興じているような、そんな微笑ましい光景に見えていた。

二 ◇ 黒いうねり

淡い月明かりのもと、白菊(しらぎく)は千手(せんじゅ)の背を追って寺内をひた走る。

千手が身につけている狩衣(かりぎぬ)は紫がかった薄紅色だった。結わずに背中に流した黒髪との対比が、夜目にもはっきりと映り、見失うことはない。すぐにも追いつけるだろうと白菊は単純に思っていた。

ところが、存外に千手の足は速かった。白菊も懸命に走るのだが、ふたりの距離は徐々に開いていく。疲れも次第にたまり、白菊の足はややもすればもつれそうになった。

「待ってくだ――」

ふいに小さな石につまずいて、白菊はべしゃりとその場に倒れ伏した。悪いことにすでに傷ついていた膝(ひざ)を再び打ってしまい、きゃっと小さな悲鳴をあげる。

白菊は反射的に片手で口を覆(おお)った。騒いではいけない――華山中納言(はなやまちゅうなごん)の邸内で、彼は周囲から常にそう求められてきた。ひっそりと息を殺して、おとなしく、凶悪な敵に目をつけられないようにと。

乳母(めのと)はことあるごとに鬼やら百鬼夜行(ひやつきやぎょう)やらの怖い話をしてくれた。話の締めにはいつもお約束のように、

「おそろしゅうございましたか? この邸(やしき)の奥にじっとひそんでおりましたらば、なんの心配もございませんとも。けれども、外にはいまお聞かせしたような魔物どもがうじゃら

うじゃらと跋扈しているのです。その細首をもぎとられぬように、ご用心、ご用心」

永年、そう言われ続けてきた。

白菊の実母はその都度、困惑顔で「小さな童をそのように怖がらせないで」と言ってくれたが、邸の奥でじっとしているようにとの戒めは、白菊の中に強く植えつけられることとなった。その影響がこんなときにも出てしまい、無意識に悲鳴を封じてしまう。

騒がぬように、目立たぬように。怖い魔物にみつけられぬように……。

今宵はもうすでに、宝蔵の白い魔物にみつかってしまったけれど。襲われなかったのは、むこうの機嫌がたまたまよかったに過ぎないのだろう。妖狐を思わせるあの白いあやかしには、そんな気まぐれなところが見た目からも感じられた。

口を押さえた指の間から、白菊ははあとため息をついた。膝の痛みは大したことはない。それよりも、懸命に走った疲れが身体から抜けなくて、起きあがれる気がしない。

（不甲斐ない……）

体力のなさを嘆き、地面に伏したままの白菊の視界に、すっと千手の足もとが映りこんできた。当然、去っていくだろうと思われた千手が、予想に反して戻ってきてくれたのだ。

見上げた千手の顔はむっつりとして、いかにも不機嫌そうだった。

「なんと鈍くさい御落胤だ」

そう言われ、白菊は地面に小さく縮こまった。

「御落胤などと。どうか、白菊とお呼びください」

同い歳だとわかっていても、自然と敬語遣いになる。勿径寺に入ったのは千手のほうが先なのだから、彼は先達には違いないのだ。それに、帝の子だと判明したからといって、いきなり居丈高に振る舞えるほど白菊も図太くはなれなかった。

千手は眉間に皺を寄せたまま、ぶっきらぼうな口調で訊いてきた。

「どこか打ったのか？　立てないほど痛むのか？」

「あ……。いいえ、立てますする」

証明してみせようと、白菊は急いで立ちあがった。土がついて汚れた水干の前を手で払い、にっこりと微笑みかける。それでも、千手のむっつり顔は変わらない。彼の視線は白菊の括り袴に向けられていた。膝の傷からの血が袴に滲んでいたのだ。

「怪我をしているな」

「ええ。ですが、いまできた怪我ではありません。宝蔵の中でうっかり転んでしま……」

「よくもまあ、あんなところにひとりで行く気になる。昼間でも不気味な場所なのに」

白菊の言葉をさえぎって、千手はあきれたふうに言った。白菊は思わず首をすくめた。

「好きで行ったわけではありません。勿径寺に新たに入った者は、夜中にたったひとりで宝蔵に赴かねばならないと聞かされて……」

「それは嘘だ。新参者だから、からかわれたのだろう」

「でしょうね。宝蔵の物の怪もそう言っておりました」

「宝蔵の物の怪？」

千手が目を瞠った。

「噂の物の怪に遭遇したというのか」

「はい。たぶん、あれはそうだったのだと思います」

千手の興味をひけたことが嬉しくて、白菊はさっそく宝蔵でのことを説明した。

「雪のように真白くて、馬のように大きく、狐のような、猫のような、糖蜜色の目をした不思議な獣が宝蔵の奥から出てきたのです。しかもそれは人語を解し、試練を受けに来た今参の稚児など見たことがないと、わたしに明かしました」

「それは……。よくもまあ、無事だったな」

千手に吐息混じりに言われ、白菊も自分は幸運だったのかもと、いまさらのように再認識した。

話している最中の物の怪は妙に人間くさく、敵意や殺意の類いを一切感じさせなかった。だが、そうと見せかけ、実は白菊を喰らう機会を探っていたのかもしれない。宝蔵の床が震動し出したときは、白菊もはっきりと身の危険を感じたわけだし、ほんの少し会話を交わした程度で物の怪に気を許すのは早計に過ぎるだろう。

と理解する一方で、物の怪のあの甘やかな声をまた聞きたいものだと思ってしまう。どちらともつかぬ気持ちを持てあましながら、白菊はつぶやいた。

「――あれは凶悪な物の怪なのですか？」

「あれと言われても、わからん。宝蔵には、宇治の寺から預かった妖物の死骸以外にも、さまざまなものが封じられているというからな。和尚さまでさえも、すべてを把握しておられるかどうか。もっとも、あの和尚さまだからこそ、大らかに放置していても平気なのだろうが」

「大らかに放置ですか……。和尚さまらしいですね」

「ああ見えて、こんな田舎の寺でくすぶるには惜しいかたなのだ。なのに、欲がまったくなく、せっかくの法力を生かすおつもりもない。だからこそ、公卿の子たちを安心して預けられるのだろうがな」

山賊の多勢を相手に余裕綽々にも見えた豪放磊落ぶり、この寺に着くまでの道中、馬上で和尚に頭をなでられた感触などを思い返せば、妖物への中途半端な恐怖心よりも和尚への敬愛の気持ちのほうがまさって落ち着いていく。

　ここは寺という聖域であり、剛胆な和尚がおわしまし、木剣一本で山賊たちを叩き伏すような大童子までもいる。彼らが寺内にひそむ物の怪の存在をあえて容認しているのなら、いたずらに怖がる必要もないのだろう。そう、夜中に宝蔵に立ち入るような危ない真似さえしなければよいのだと、白菊は納得した。

　千手と立ち話をしていたところに、数人の稚児たちがやってきた。先頭は、千手の取り巻きの多聞だ。その他の稚児たちは、いまひとりの取り巻きの不動に追い立てられて半泣きになっている。さながら、地獄の獄卒に追われる亡者たちのごとくに。

　多聞は千手が白菊といっしょにいるのを見て、首を傾げた。

「千手さま、わたしたちより先に？」

「ああ。新入りいびりに使うには、宝蔵の物の怪話こそがうってつけだろうと思ってな」

「さすがは千手さま」

　てらいもなく多聞は千手の聡さを讃え、不動も重々しくうなずいて同意を示す。

「さてさて。不動が少しばかり恫喝しましたら、ここにいる全員が、白菊を脅そうとして物の怪話を使って宝蔵に行かせたことを白状しましたよ」

　多聞がそう明かすと、寺稚児たちはいっせいにわっと泣き出した。多聞の恫喝は、思い出しただけでも泣きたくなるほど怖かったらしい。

ごめんなさい、ごめんなさいと口々に謝る彼らに、白菊は当惑した。謀られていたと知って怒る気持ちなど、もうとうになくしていたのだ。それどころか、物の怪ばかりか千手とも話す機会を得られた。彼らには、むしろ感謝してもいいくらいだった。

「いや、そのように謝る必要は。ほら、これを見てください」

差し出してみせたのは、白い物の怪から渡された香炉の蓋だった。

「宝蔵の祭壇に置かれていた香炉の蓋です。これなら試練を達成した証しになりましょうか」

稚児たちは目を丸くし、いっせいにしゃべり始めた。

「なる、なるとも」

「まさか本当に宝蔵に行ったのか？」

「無事だったのか？」

「物の怪を見たか？」

どれにどう応えるべきか白菊が困惑していると、「騒がしい」と千手が冷ややかに言い放った。その途端、稚児たちはぴたりと静かになる。

ちょうどそこに小僧の知念が走りこんできた。

「捜しましたよ、白菊さま。こんなところにいらしたのですね。あれれ？　みなさま、おそろいで」

知念はその場にいるのが白菊だけではないことに遅れて気づき、

「どうかしたのですか？　何があったのですか？」

首を左右に傾げながら矢継ぎ早に尋ねてくる。後ろめたいことがたっぷりとある稚児たちは、そわそわしながら互いに顔を見合わせた。白菊をだましていたと正直に明かせない彼らに代わり、多聞がぱんぱんと手を打った。

「なんでもない、なんでもないよ。ですよね、千手さま」

千手は眉をひそめたものの、ああと短く返した。稚児たちはそろって安堵の息をつく。露骨に怪しい雰囲気であったのに、知念は勘ぐるどころか白い歯を見せてにっこりと微笑んだ。

「そうですか。なんでもないのでしたら、よかったです。では、お部屋に戻りましょうか、白菊さま」

「ああ、そうだね……」

本当はもう少し千手や他の稚児たちと話していたかった。だが、知念に一点の曇りもない笑顔で急かされてはそうもできない。

「では、千手さま。また明日」

白菊は千手にそう声をかけたが、むこうはつんと顔を背け、ろくに返事もしてくれない。再度、声かけしようとするも、

「はいはい、行きましょう行きましょう」

と知念に背中を押され、その場から立ち去らざるを得なくなる。心残りはあったものの、

(明日になったら、また講義の場で逢えるから——)

そう思えただけで、白菊は満ち足りた心地になれた。

他の稚児たちとも、今夜のことをきっかけに打ち解けられそうな気がする。日々、慣れないことばかりで秘かに募らせていた不安が、するするとほどけていく。それはまるで、強固だった呪いが呪文ひとつで解けてしまったかのようだった。

「あれ、足にお怪我をしているじゃありませんか」

歩いている途中で、知念は遅まきながら白菊の袴が血で汚れていることに気づき、部屋に戻るや、さっそく手当てをしてくれた。彼の甲斐甲斐しさに白菊も嬉しくなって、

「実はね、知念。なんでもないと言ったのは、実は嘘でね」

そう前置きし、宝蔵で遭遇した物の怪のことを語る。

びっくり仰天して聞き入る知念の顔がおかしくて、白菊は気がつけば「実は自分は、さる御方の落とし胤だったらしいんだよ」と、そんなことまで打ち明けていた。

翌日、稚児たちが講堂で経典の講義を受けている午前のうちに、知念は定心和尚のもとを訪れていた。昨夜、起きたことを定心に改めて報告するためであった。

「さる御方の落とし胤？　そんな話までしたのか、白菊は」

白い帽子を頭にまとわせ、脇息にもたれかかって話を聞いていた定心は、知念の話にぱちくりと目をしばたかせた。そんな反応を和尚から引き出せて、知念は得意げに小鼻をぴくぴくさせつつ、うなずく。

「ええ。でも、どなたの御子かまでは話してくれませんでした」

「白菊は知っているふうだった？」

「はい。ずっと、にこにこしておられましたよ」

「ふうん」

定心は腕組みをして、「まあ、知って悪い気はしないだろうな」とつぶやいた。

「ですよね。今上帝が父上なら、白菊さまは世が世なら皇子さま。しがない農村の出でしかないわたしには、近寄ることもできなかったはずですから」

知念が目を輝かせる一方で、定心の脇に控えていた大童子の我竜が、不機嫌ともとれるような口調で言う。

「口さがない修道僧の間でも噂になっていましたし、遅かれ早かれ当人の耳に入りましたよ。誰が教えたかは知りませんが、白菊が変なふうに考えこまなかったのなら、それでよろしいのではありませんか？」

「まあ、そうだな。……何はともあれ、いい感じに馴染んでくれつつあるようでよかった。これも知念のおかげだな」

「いえ、そんなとんでもない」

ぷるぷると首を横に振って謙遜する知念に、定心は重ねて言った。

「これからも白菊の世話を頼むよ、知念」

はい、と知念は声を弾ませた。

「そして何かあったら、逐一、わたしに報告しておくれ」

定心のその言葉にも、知念ははいと勢いよく返事をした。迷いなど、彼にはあるはずもなかった。

報告を終えた知念が退室してから、ずっと仏頂面だった我竜がぼそりと言った。

「御落胤問題はわかっていたことですから、ともかくとして――」

「うん、ともかくとして？」

「宝蔵に近づかせたのは危なかったですね」

「うん。でも、無事だったみたいだし、心配ないんじゃない？」

あっけらかんと応(こた)える定心に、我竜は露骨に厭(いや)そうな顔をした。

「心配ないとまでは言えないでしょうに。たまたま運がよかっただけかもしれません。そもそも物の怪の類いは気まぐれですし、警戒は怠(おこた)らないほうが。宝蔵には二重(ふたえ)、三重(みえ)に縛りを施(ほどこ)し、夜はもちろん、昼間も余人は近寄れないようにしたほうがよろしいかと」

我竜の言い分は至極(しごく)もっともなものであった。なのに定心は、

「面倒だなぁ」

「和尚さま！」

大童子が大きな声をあげても、定心はどこ吹く風だ。

「そんなに心配だったら我竜が直接、白菊を見守ってやっておくれよ。稚児たちだけでは手に余るような事態になっても、我竜がいてくれたら安心だし」

「わたしだって、いそがしいのですよ。和尚さまのお世話とか、和尚さまのお世話とか、和尚さまの……」

「ついででいいから、ついでで」

我竜が何を言おうと、定心はけらけらと屈託なく笑って彼を煙(けむ)に巻いていった。

それから、数日が経ち、白菊は知念とともに野草を摘みに野に出ていた。

「これはわたしの仕事ですから、白菊さまは別の何かをなさっていてください」

知念自身はそう言ったのだが、白菊のほうから「寺のまわりの景色もこの機会に見てみたいのだよ。お願いだから、付き合わせておくれでないか」と強く望んだのだった。

風はまだ幾分冷たいものの陽射しは暖かく、道の傍らには名も知らない小さな花々が咲いている。梅や桜ばかりでなく、あのような小さな花も今度描いてみようかと考えながら、白菊は知念と野山を歩き続けた。

野を横切り、林の中の坂をのぼり、やがてたどり着いた山の斜面には、薄紅にも見える赤紫色の小さな花が数え切れないほど咲いていた。形は百合に似て、花びらを後ろに大きく反らせたそれは、片栗の花だった。

「思った通り、片栗が咲き頃ですね。片栗の若葉や花はおひたしにできるんですよ。あれを根ごと採っていきましょう。というか、根のほうが欲しいんですけれどね」

「根のほうが？」

「ええ、片栗の膨らんだ根はつぶして水にさらして、濾して乾燥させて、澱粉を採るんです。それが片栗粉なわけで」

「そうなんだ。知らなかったよ」

白菊は目を丸くして、山の斜面に咲く片栗の花々を見廻した。料理のとろみづけに使用される片栗粉が、こんな愛らしい花の根から採れることを初めて知り、つくづく不思議だなと感じ入る。と同時に、自分は何も知らないのだなと改めて思った。

寺での講義だけでなく、野山に出ただけでも学びがある。華山中納言の邸で暮らしていた間もそれなりに書を読み、学んできたはずだったのに、全然足りていなかったのだ。それがむしろ嬉しく、未来へと繋がる楽しみともなっていく。

「片栗粉作りは手間がかかりますし、ひとつの根からはほんの少ししか採れませんけれど、料理に使うととろみがついて、格段においしくなりますからね」

「じゃあ、たくさん摘んでいこう」

ふたりはさっそく斜面にしゃがみこみ、片栗を採り始めた。根ごと掘り起こした片栗は、用意してきた籠(かご)にどんどん投入していく。たちまち籠はいっぱいになったが、あたりには赤紫の片栗の花がまだまだたくさん咲いている。

振り返れば、自分たちが歩いてきた野の光景を俯瞰(ふかん)することができた。見応えのある景色に、延々歩いてきた疲れも吹き飛ぶ。これで片栗粉の材料まで手に入るなんて、いいこと尽くしだなと白菊は喜んだ。

「片栗の花の絵も、今度、描いてみたいな」

思わずつぶやくと、知念が片栗摘みの手を休めずに言った。

「白菊さまは本当に絵がお上手ですからね。これまでは千手さまの絵こそがいちばんと言われておりましたが、正直、白菊さまのほうが上だとわたしは思いますよ」

「えっ？」

急に千手の名が出てきたことに戸惑う白菊に、知念は茶目っ気たっぷりに笑ってみせた。

「いま言ったことは内緒でお願いしますね。千手さまを崇め奉っている稚児は多いんで、わたしがこんなことを言ったと知られたら、どんな目に遭わされるやら。白菊さまが新参いびりの憂き目に遭ったのも、千手さまより目立ったのが原因だったに決まっていますから」

「いや、でも、それはどうだろう。宝蔵でのことを言っているのなら、千手さまはわたしを捜しに来てくれたわけで……」

「千手さまが指図したとは、わたしも思ってはいませんよ。とても気位の高いかたですからね。内心はどうあれ、意地でもそんな卑怯な真似はなさいますまい。千手さまを信奉する寺稚児たちが勝手に先走ったのでしょう。つまり、白菊さまはまわりから嫉まれるくらい優れているという証しなんですよ」

「そんなことは……」

困惑して首を横に振る。宝蔵での一件はもはや済んだことであり、他の寺稚児たちとも普通に話せるようになっていたので、いまさら蒸し返すつもりはなかった。

それよりも、うまいという千手の絵のほうが気になった。次の絵の講義のときにでも、ぜひ見てみたいなと期待を膨らませる。

籠いっぱいに片栗を摘んでも、斜面に咲く花の数は少しも減ったようには見えなかった。疲れもまったく感じていなかったが、これくらいでいいでしょうと知念に言われ、白菊たちは山を下りることにした。

行きと同じ道をたどっても、視点が違うと景色も微妙に変わって見えてくる。白菊は往路では気づかなかった樹上の花に目をとめた。鈴蘭に似た白い花が、房の先にいくつも集まり垂れさがっていたのだ。

「なんだろう、あの白い花は」

「ああ、馬酔木の花ですね」

「馬酔木……。そうか、あれが馬酔木なんだね」

名前だけは知っていて、その漢字表記から面白い名だなと記憶にとどめていたのである。

「『万葉集』に何首かあるよね、馬酔木を詠んだ歌が。全部をおぼえているわけではないけれど、ひとつくらいなら。確か……」

少々たどたどしくはあったが、白菊はどうにか万葉の古歌を口ずさんだ。

磯の上に　生ふるあしびを　手折らめど
見すべき君が　ありといはなくに

磯のほとりに生えている馬酔木を手折りたいけれど、それを見せたいあなたはもはやこの世にはいない――その昔、伊勢の斎宮だった大伯皇女が同母弟の大津皇子の死を嘆いて詠んだ歌だった。

知念はふむふむとうなずきながら言った。

「あれも摘んでいきましょう。葉や茎を煎じた汁が虫よけの薬になりますから」

「虫よけになるの？」

「ええ。蠅や蚊だけじゃなく、畑の悪い虫やらにも効くんですよ。なんでも、馬酔木の名の由来は、馬が葉を食べると酔っぱらうからだっていう他に、『悪し実』に由来しているという話もあるのだとか」

「よく知っているね。やっぱり知念についてきてよかった。草花のことをいろいろ教えてもらえるから」

とんでもないと、知念は大仰に首を横に振った。

「わたしの知っていることなんて大したものではありませんよ。どうせ誰かからの受け売りですし、万葉の古歌なんてちっとも知りませんでしたし」

「ぼくはただ『万葉集』を読んでいただけだよ。知念は片栗粉だけじゃなく虫よけの薬の作りかたまで知っていて、どれも立派に役に立つ知識じゃないか。すごいよ」

白菊が力説すると、知念は照れくさそうにへへっと笑って馬酔木の花に手をのばした。白菊も彼の手助けをして、馬酔木の花を折り取っていく。

毒があるとはとても思えない可憐な馬酔木の花と、食用の片栗の花と根、それぞれを混ぜないように取り分けて、帰路につく。勿径寺がだいぶ近くなったあたりで、白菊たちは道のたもとで足を休めている被衣姿の女人に遭遇した。

歳の頃は三十前後くらいだろうか。初老の従者をひとり連れ、木の幹にもたれかかって、ぼんやりと彼方の山並みに目をやっている。その﨟長けた横顔が、白菊の目には一瞬、自身の母親そっくりに見えた。

（母上さま……！）

驚いて道の真ん中に立ち尽くし、抱(かか)えていた籠をぽとりと落としてしまう。その音に気づいて、女人と従者が白菊のほうを振り返った。

真正面から見ると、さほど似てはいない。優しげな細面(ほそおもて)という漠然(ばくぜん)とした印象は共通していても、目の大きさも鼻の形もまったく違う。どうして母と見間違えたのかと戸惑うほどだ。

「白菊さま?」

知念のいぶかしげな声にハッと我に返り、白菊はあわてて籠を拾いあげた。

「ごめん。ちょっとぼうっとしていて」

道に散らばった片栗も回収しようとするが、知念が「わたしがやりますから」と手早く拾い集めてくれた。作業が終わったところで、女人のほうからふたりに話しかけてきた。

「ひょっとして勿径寺の寺稚児さん?」

「は、はい」

白菊と知念が同時に同じ応えを返す。女人は柔らかく微笑んだ。

「お寺まではまだ遠いのかしら?」

その問いに知念が応える。

「いえ、それほどでも。あと少しですし、道も下りになりますから、女人のおみ足でもさほどきつくはなかろうかと」

「ならばよかった」

　女人の視線が、籠の中の馬酔木の花に向けられた。

「その白い花は馬酔木ね。わたしのところの庭にも、ちょうどいま馬酔木が咲いているわ。でも、気をつけないと。知っていて？　馬酔木には毒があるのよ」

　知念がすかさず応える。

「ええ、知っています。これは煎じて畑の虫よけに使うんです」

「そうなの。なら、よかった」

　従者もしたり顔で言う。

「お邸の庭に馬酔木がありますのも、鹿よけ用ですからね。鹿は庭木の若芽を食い散らかして、本当に厄介ですから」

　なるほど山が近いところだと、そのような害もあるのかと、白菊は納得した。もっと彼女と話していたいと思わないではなかったが、

「では、わたしたちはお先に」

　知念がそう言うものだから、立ち去らざるを得なくなる。歩き出した白菊たちの背後では、

「では、わたしたちも行きましょうか。今日、おうかがいすると和尚さまに文(ふみ)を出しておりますもの。お待たせしてはいけないわ」

「はい、御方さま」

女人と従者のそんな会話が聞こえた。距離をおきつつ、時折、後ろを振り返ると、女人と従者はずっと自分たちのあとをついてきてくれていた。

――その日の夕餉(ゆうげ)の膳(ぜん)に、さっそく片栗のおひたしが供(きょう)された。食堂(じきどう)で他の稚児たちと席を並べていた白菊は、小鉢の中の片栗を見るや、笑顔になった。

さっと茹(ゆ)でられた緑の葉に白い根。花の色はさすがにもとの優しい赤紫ではなく、もっと濃く変わっている。口に含むとアクはほとんどなく、ほのかな甘みさえ感じられた。

嬉しくて、にこにこしながら片栗のおひたしを食していると、向かいの席にすわった稚児が話しかけてきた。

「なんだかずっと笑っているけれど、白菊はそんなに片栗が好きなのか?」

「うん。好きになった。これは知念と摘んできた片栗だから特に。山の斜面に赤紫色の花がたくさん咲いていていて、それはそれはきれいだったよ」

「画題探しに出かけたのかと思ったら、野草摘みだったのか。物好きだな」

「画題も探せたかも。片栗の花、きれいだったから今度、描いてみようかな……」

野に咲く花の愛らしさを思い返して、白菊は目を細めた。物好きだなと笑われても、まったく気にならない。

他愛もない稚児同士のその会話は、少し離れた席にいた千手の耳にもちゃんと届いていた。が、彼は表情を消して黙々と食事をしている。

千手の隣の席に脇侍のように座している不動も、ひたすら食事に専念していた。その大きな身体に見合うほど、飯は大盛りだ。もうひとりの脇侍、多聞はさり気なく千手の横顔をうかがってはいたものの、聡い彼はあえて何かを口にするようなことはなかった。


御方さまと従者に呼ばれていたあの女人はどこのどなたで、どのような御用で和尚さまのもとを訪れたのだろう。

白菊はずっとそのことが気になっていた。その日の夜、褥の用意をしに部屋に来てくれた知念に訊いてみようとすると、

「昼間、逢った女のひとですけれど、国司に仕える大和介さまの後添えなんだそうですよ」

尋ねる前から、知念がぺらぺらとしゃべり始めた。

知念は白菊の世話係であったが、その合間に定心和尚の身のまわりのことをする機会も

あり、片栗摘みから戻った直後は、件の女人の応対役にまわっていた。その際に、和尚と彼女の会話をしっかりと聞いていたのである。

「後添えというと、二度目の奥方」

「はい。前の奥方が小さな娘御をひとり遺して病で亡くなられ、その後、迎えた奥方なのだとか。以前、都の三条あたりに住まわれていたので、三条の方と呼ばれているそうです。つまりは継母、継子ですね。昔から、底意地の悪い継母にいじめられた姫君が、完璧な貴公子に見出されて玉の輿に乗って、継母がキーッとなる物語がありますよね。『落窪物語』とか『住吉物語』とか」

どちらも古くから広く知られている物語であり、読んだおぼえもあったので、白菊はうんうんとうなずいた。

「そういった継子ものの場合、大抵、継母が悪者にされているけれど、あのかたは見るからに優しそうだったよね」

「ええ、和尚さまにも、ご自身ではなく継子の姫のことを心配なされて相談に来られたみたいです」

「そうなんだ」

「継子は七歳の娘御で、大和介さまの邸では若菜姫と呼ばれ、大事に育てられているとか。

その若菜姫は、亡き母上の形見の人形を片時も手もとから離さないのだそうです」

「ああ、それは……仕方ないのじゃないかな、まだ小さいのだし」

　自ら母親と引き離されている白菊は、大和介の幼い娘に同情せずにはいられなかった。

「ええ。でも、そればかりではなくて――」

　ちょうど夜具を敷き終えた知念は、白菊を振り返ってわざとらしく声を低くした。

「その人形が夜中にしゃべるのを聞いたと、家の女房たちが言い出して」

「人形がしゃべる」

「はい。真っ暗な部屋の中、とうに眠っていると思われていた若菜姫が、褥に横たわったまま、ぼそぼそとしゃべっているのだそうです。しかも、ひとりでなく誰かと。奇妙に思った家の女房が、気づかれぬようにそうっと様子をうかがうと、なんと枕もとに置かれた形見の人形が、姫相手に小さな声で受け応えを……」

　ぞくっと白菊の背すじに悪寒が走った。目撃した女房も、さぞや肝を冷やしただろうと気の毒に思う。が、とりあえずは知念に理性的な言葉を返してみた。

「ひとり遊びをしていただけじゃないのかい？　人形の声のようでも、実は若菜姫が声色を使い分け、ひとり二役を演じていたとか」

　知念はもったいぶり、ゆっくりと首を横に振った。

「いいえ。人形がしゃべったのです。その証拠に、姫と人形は声をそろえて、くすくすと笑っていたのだとか……」

ぞくぞくと追い討ちの悪寒が白菊の全身を走った。見れば、話している知念の首すじも毛穴がぷつぷつと粟立っている。

「怖いですか、白菊さま」

「知念だって鳥肌が立っているじゃないか」

「ええ、なので、どなたかに話したくて」

えへへと小さく笑って、知念は話を続けた。

「それを知った継母の三条さまは、これはもしや、亡き母の霊が人形に籠もっているのではないかと心配されましてね。幼い娘を案じるあまりだろうけれども、死びとの霊が現世に長くとどまり続けるのはよろしくなかろう、若菜姫の身にも障りが生じるのではないか、と。そりゃあ、そう思いますよね。父親の大和介さまも同じ意見だったとかで、おふたりで話し合った結果、その人形をこっそり処分することにしたそうです。姫はまだ小さいのだし、他にも遊び道具の人形はあるのだから、きっとすぐに忘れてしまうだろうと」

「うん……。形見の品とはいえ、そういう事情なら仕方ないよね」

「なので、姫が眠っている隙にそっと人形を取りあげ、近くの川に投げ捨ててしまったと。

その役を仰せつかった家人は、人形が下流に流され、見えなくなるまできちんと見届けたのだそうです。これでひと安心と、大和介さまと三条さまは胸をなでおろしたのに、ところがその翌朝――」

　知念はひと呼吸おき、いっそう声を低くして告げた。

「姫の枕もとに、ぐっしょりと濡れた形見の人形が戻ってきておりました……」

　うわっと小さく声をあげて、白菊はおのれの両腕をさすった。

　捨てても戻ってくる人形。こうなることは話の途中で予測がついていたとはいえ、それでも悪寒は止まらない。

「何も知らない若菜姫は『水浴びにでも行ってきたのかしら』などと言って無邪気に人形と遊ぶものですから、そう何度も取りあげるのも難しく、かといって見過ごしにもできず。捨てたところで再び戻ってきかねないし、女房たちの中には気味悪がって暇乞いを申し出る者も現れる始末。それで弱り果て、和尚さまに相談に来られたそうなのです」

「なるほど、なるほどね。で、和尚さまはなんと？」

「とりあえずは姫とその人形を、この勿径寺にお連れくださいと。そのうえで必要とあらば加持祈禱を執り行いましょう、とのことでした」

「そうか。和尚さまに加持をしてもらえるなら安心だね」

この寺に来てまだ日は浅いものの、白菊は素直にそう思えた。山賊相手にまったくひるまなかった和尚なら、法力も相当なものだろうと想像できたからだ。でなければ、剃った髪がすぐのびてくるような不思議は起こせまい。

部屋の明かりを消して知念が退室していき、白菊は床についた。怖い話を聞いたけれど、そちらはよい方向に転がっていきそうだし、案じる必要はないだろう。きっと今夜は安心して眠れる――はずだったのに、なぜか寝つけない。

なんとはなしに目が冴えて、白菊は寝返りばかりをくり返していた。今日は片栗の山まで遠出をしており、身体はいい具合にくたびれている。なのに寝つけないとは、いったいなぜなのだろうと考えてみても答えは出ない。

（くたびれすぎて眠れないのかな……）

仕方なく起きあがり、白菊は窓辺に腰かけて外を眺めた。

欠け始めたとはいえ、月はまだまだふっくらとして、庭木の枝ぶりがはっきり見て取れるほど明るく、あたりを照らしていた。鹿か野鳥だろうか、風が細い声を運んでくる。祭礼の際に謡われる神楽歌のように聞こえなくもない。

（知らないけれど近くに神社があって、そこの巫女が神楽歌の練習をしているとか？）

そう考えると、もっと近くで聞いてみたくなった。どうせ眠れないのだからと、衣を一枚、肩に羽織って外に出る。

怖いとは微塵も感じなかった。むしろ、昼間の遠出と同様にわくわくしていた。寺の敷地内から出なければ大丈夫、そのあたりをほんの少し見て廻ってくるだけだから、と自分に言い訳するその顔は、自然と笑っている。

細い声の出どころには、さほどの苦労もなくたどり着くことができた。

小さな堂宇の前の、不釣り合いに大きな石燈籠の笠の上に、狐に似た白い獣が陣取って、細く長く声をあげていたのだ。それは宝蔵の中で遭遇した白い物の怪に相違なかった。

「おや」

物の怪は唐突に現れた白菊を見ても、さして驚いた素振りは見せなかった。

「あのときの稚児ではないか。また試練の夜歩きかえ?」

純白の長い体毛を霞のごとくに揺らめかせ、切れ長の目をさらに細めて、小ぶりな耳を立てた物の怪は普通の人間のように話しかけてきた。白菊は驚き半分、戸惑い半分ながら、こうなることが予感できていたような気もして、小さな声で応えた。

「眠れなくて……」

「そうか」

物の怪はあっさりとうなずいた。しばし沈黙が流れる。我慢できなくなって、白菊のほうから問うてみた。

「宝蔵に封じられているはずでは……」

物の怪はふふんと長い鼻で笑った。

「封印など形ばかりのものよ。その気になれば、いつでも出られる。それに――誰かが扉の鍵をかけ忘れていったからのう」

白菊は自分の頬を両手で覆って、あっと声をあげた。指摘されるまで、宝蔵の鍵を閉め忘れたことを完全に失念していた。鍵はすでにそれを持ち出してきた寺稚児に返しており、彼が鍵を管理する寺男のもとにこっそりと戻しているはずだった。

「もはや、錠前は扉にぶら下がっているだけの飾り物。寺男もたまに掃除に来る程度だから、まだ気づかない。気づいたとしても、『おや、前の掃除のときにおれが鍵をかけ忘れたかな』と思うだけであろうな」

そう言って、物の怪は上臈(じょうろう)女房のようにほほほと笑った。所作(しょさ)が優雅で、細くて長い尾をゆったりと揺らすさまも、美麗な檜扇(ひおうぎ)をかざしているかのようだ。物の怪が宝蔵の外に出てもいいのかと思う反面、きっと彼女はずっと前から、こうして自由に出歩いていたのだろうと白菊は想像した。

「神楽歌のような声が聞こえていたのだけれど……」

「ああ。戯れにわれが謡っていた。今宵は特に気分がよいでな。おそらく、近々何かが起こるのではないかなぁ。あるいは、すでに誰かが厄介ごとの種を寺に持ちこんできてくれたか――」

物の怪は鼻先を高く掲げ、くんくんと夜気のにおいを嗅いでみせた。厄介ごとを諸手を挙げて歓迎しているかのように。妖物なれば、平穏よりも騒乱をこそ好むのが性分なのかもしれない。

物の怪に言われて、白菊は定心和尚のもとを訪れた大和介の後添えのことを連想した。

「もしかして、それは……」

「おや、心当たりでも？」

白菊はためらいがちにうなずいた。こんなことを物の怪相手に教えていいのかとためらいはしたものの、結局、知念から聞いた話をそのまま伝える。ひと通り話を聞き終えると、物の怪はふうむとつぶやき、首を軽く廻した。

「それはあれだな、亡き母御が娘に祟っておるのであろうな」

思わぬ発言に、白菊は目を丸くして言い返した。

「母御が娘に祟る？　そんな、まさか。あり得ませぬ」

「普通はそう考えるやもしれぬが……」

物の怪はもったいぶった調子で言葉を続けた。

「しかしのう、自身は長く床についていたせいで醜く病みやつれ、薬湯やら加持祈禱の甲斐もなく、はかなくなってしまった。その無念の想い、くやしさは相当なものであろう。それが妬ましい、呪わしいと思うあまりに……」

反面、娘は健やかにあり続け、かつての自分そっくりの美女へと成長していく。それが妬

「若菜姫はまだ七つですよ」

「おっと」

物の怪は、こふんと咳ばらいをした。

「……少し先走ったかな」

「先走りましたね」

あきれると同時に、人間じみた物の怪の言動に親しみをおぼえてくる。いつの間にか、年長者に相対するように、白菊の言葉遣いも丁寧になっていた。

「ところで、あなたに名前はあるのですか」

物の怪は耳をぴくぴくと動かしてから頭をそらし、誇らしげに名乗った。

「たまずさじゃ」

それは手紙を意味する言葉であった。漢字表記すれば「玉梓」。「玉」は美称、「梓」は、

使者が梓の木の枝に文を結びつけて運んだことに由来する。

「たまずさ……どの」

「敬称などいらぬ。たまずさでよい」

純白の物の怪――たまずさはふわぁと大きくあくびをした。口の中は真っ赤だった。歯はどれも鋭く尖り、肉を食いちぎることに特化しているのは明らかだ。

相手は物の怪、危険な気配はいまも十二分に孕んでいる。それでもなお――いや、だからこそ、たまずさは美しかった。どうしても視線はひきつけられてしまう。みつめているだけで、わくわくする。

その感情は恐怖を核としていたが、白菊はそれだけではない気がしてならなかった。では、いったいいなんなのかと問われると、容易には応えられないが……。

「それで、そなたの名は？」

「白菊丸です。白菊と呼ばれております」

この問いにはすぐに応えられた。

「白菊か。美しい呼び名よのう。そなたの母御は、菊の白い花を慈しむように、そなたを大事大事に育てたのであろうな」

「かもしれません……」

優しく頰をなでてくれた指の温もり、いつも衣に焚きしめられていた芳しい香り。母に関する記憶が切なく胸に甦ってくる。

と同時に白菊は理解した。たまずさの声や仕草、醸し出す雰囲気に、母と似たものを感じ取っていたのだと。人間と物の怪、姿かたちのどこにも似通った点がないのに。

昼間、三条の方を母と見間違えたのと根は同じで、母親恋しさのあまり、年長の女人を見かけると母を思い出さずにはいられないのだろう。それが人外にも当てはまるとは、わがことながら、さすがに驚いたが。

突然、たまずさは石燈籠の上から地面に、身軽く飛び降りてきた。長い尾をぴんと立てて、彼女は言う。

「そろそろ臥所に戻るがよい。われも休むゆえ」

「はい。ではまた」

再会を期する言葉が、自然と白菊の口をついて出た。たまずさはそれに関しては何も言わず、小首を傾げてから宝蔵のある方向へ歩き始めた。まるで手を振るかのように尾を左右に振りながら。

たまずさの姿が完全に夜陰にまぎれてから、白菊もあくびをひとつして自分の部屋へと戻っていった。誰にも気づかれずに簀子縁から入室し、夜具の中にもぐりこむ。

枕に頭をつけた瞬間、「あ、しまった」と、白菊は思わず声を発した。

「香炉の蓋を返しておけばよかった……」

宝蔵に行った証しともなる、香炉の蓋。それはもとの場所に戻す機会を失ったまま、文机の上に置かれていた。文鎮代わりにも使えるし、あの夜の記念にしたい気持ちもあったのだが、やはり返したほうが無難だろう。

「明日、持っていこう。明日……」

自分に言い聞かせているうちに、あれほど寝つけなかったのが嘘だったかのように、白菊はすんなりと眠りに落ちていった。

翌日は講義が立てこんでいて、宝蔵へ向かう暇もなかった。夜になったらこっそり行ってみようと思っていたのに、身体ではなく頭が疲れていたせいか、夜具に入った途端に眠ってしまう。

それならばと翌々日の昼、白菊は講堂を抜け出し、ひとりで宝蔵へ向かった。

幾つもの堂宇の前を通り過ぎ、坂道をひたすら登っていく。やがて、竹林を背景にした宝蔵へと、誰にも見咎められることなくたどり着くことができた。

昼の陽光のもとで眺めると、物の怪を中に封じこめているような、おどろおどろしさはほとんど感じられなかった。建物は相当、年季が入っているが、それは寺内の他の堂宇も同様だ。狐に似た白い物の怪が、ふいに現れたりもしない。

白菊はためらいつつ、宝蔵の階（きざはし）に足をかけた。

後ろの竹林が風の動きに合わせ、ざわざわ、ざわざわと葉のすれ合う音を奏（かな）でている。

扉にぶら下がっていた錠前は、軽く触れただけではずれてしまった。たまずさが言った通り、もはや鍵は単なる飾りに過ぎないのだろう。

ぎい……と軋（きし）みつつ、扉が開く。蔵内は昼間でも暗い。

「……たまずさどの？」

呼びかけてみても返事はなかった。

またそのあたりを出歩いているのか、あるいは蔵内の見えないところで眠っているのか、そもそもこちらに構うつもりがないのか。気まぐれな妖魅（ようみ）のこと、どのような解釈も成り立つ。

白菊はたまずさに逢えないことを残念に思いつつ、奥の祭壇へと進んだ。懐（ふところ）から香炉の蓋を取り出し、

「これ、ここに戻しておくから」

そう声に出して、香炉の蓋をもとに戻す。小さな蓋はカチッと音をさせ、本来の位置へと収まった。

しばらく、白菊は何か反応はないかと耳を澄ませていた。が、宝蔵の中はしんと静まりかえっている。

（やっぱり夜に来なくては駄目だったのかな……）

香炉の蓋を再び持って帰り、夜中に出直そうかと迷っていたそのとき、ささっと微(かす)かな音が蔵のどこかで聞こえた。

白菊は急いで振り返った。一瞬だけ、視界の隅に、物陰に隠れる何かの姿が映りこんだ。

細くて、長くて、うねった黒。

時に自然界では、シマヘビ、ヤマカガシ、マムシなどで身体が真っ黒になった個体が出現する。俗にカラスヘビとも呼ばれるそれなのかと、白菊はそのとき思った。

しかし、確かめる間もなく、その黒は完全に姿を消していた。耳を澄ませば、どこからともなく、ささささっと物音は聞こえるものの、どこにいるのか捉(とら)えようもない。蛇であっても怖いし、万が一、物の怪の仲間だとしたら——そう思うと、白菊は居ても立ってもいられなくなって、宝蔵を飛び出した。

香炉の蓋を取り戻し、夜になってからまた出直す案は、すっかり頭から吹き飛んでいた。

思い出したのは、宝蔵からだいぶ離れてからだ。いまさら引き返す勇気も湧いてこない。しょんぼりした想いを抱えて、白菊は来た道をそのまま歩んでいく。

　ふと、白菊の行く手に従者を連れた被衣姿の女人たちの姿が見えてきた。一行の中には、七、八歳ほどの幼い少女も交じっている。つぶらな瞳のかわいらしい子で、彼女のつややかな黒髪は肩先でまっすぐに切りそろえられていた。

　女人たちのひとりが白菊に気づき、あらと声をあげる。

「あなた、この間の寺稚児さんね」

　大和介の後添え、三条の方だった。彼女の嬉しげに弾む声に、白菊はどきりとして立ちすくんだ。

　三条の連れたちは、誰だろうかと興味津々でこちらをみつめている。特に少女——連れ子の若菜姫のまなざしは遠慮がない。その腕には手作りの人形が抱かれていた。おそらく、あれが実母の形見、怪異をなすという人形に相違あるまい。

　白菊は小さく一礼して、すぐに彼女らの脇を通り過ぎようとした。が、

「いいところで逢えました。定心和尚さまのもとに案内してくださるかしら」

　三条にそう言われ、仕方なく彼女たちを定心のもとへと案内した。

　先に立って歩きながら、白菊は時折、さり気なく振り返って三条たちの様子をうかがっ

た。若菜姫は小さな人形をしっかりと胸に抱えこんで離さない。棒らしき芯に布を巻きつけ、丸々とした顔に髪や目鼻を墨で描いただけの簡単な造り。素朴な品だが、若菜姫がとても大事にしているのは伝わってくる。

見たところ、そんな怪しいものにも思えなかった。それとも、夜になると一変するのだろうか。ぼそぼそとしゃべったり、自在に動いたり、嚙みついてきたり……。

想像しただけで何やらおそろしくなってきた。小さな子から母親の形見を取りあげるのも不憫(ふびん)だが、やはり怪異の源(みなもと)になるような物は遠ざけておいたほうが無難だろうと思えた。

(もしくは和尚さまの加持祈禱で、人形が無害なものになるとか)

そうなってくれればいいなと期待して、定心のいる僧堂へと進む。僧堂では大童子の我竜がすぐに応対に出てくれ、案内役としての白菊の役目はここで終了となった。

「では、わたしはこれで」

三条たちに頭を下げ、その場を離れかけた白菊は、最後にそれとなく人形を一瞥(いちべつ)した。

若菜姫の腕に抱かれた人形は、こちら側には真っ黒に塗りつぶされた後ろ頭を向けていた。その首あたり、巻かれた布の間から黒い糸が一本、垂れ下がっている。

布端がほつれているのだなと白菊が思った次の瞬間、黒い糸はしゅっと人形の中へと引っこんだ。さながら、身の危険を察した黒蛇が岩陰に素早く隠れたかのように。誰も糸には触れていなかったのに。

（えっ……？）

白菊以外、人形を抱いている若菜姫でさえも、先ほどの糸にまったく気づいていない様子だった。そもそも人形の髪の毛は墨書きされたもので、黒糸が貼りつけられていたわけでもない。では、あれはなんだったのか。見間違いとも思えないのだが……。

考えれば考えるほど胸の奥がざわつく。糸の黒さから、宝蔵でちらりと見かけた黒い何かのことまで連想され、余計に落ち着かなくなる。亡き母の形見という、ただその一点を理由に、人形は危険なものではないと信じたかったのだが、そうも言っていられなくなる。

あの人形は普通ではない。

その証拠を見せつけられた気がして、白菊は身の震えを止めることができなかった。

「なるほど、これがその人形ですか」

若菜姫本人と初めて対峙した定心和尚は、にこにこと満面に笑みを浮かべて少女に話しかけた。

白い帽子を頭に巻き、ゆったりとした法衣をまとった彼は、非の打ちどころのない求道者として三条たちの目に映った。室内に配置された几帳や厨子なども、華美すぎることはなく品がいい。部屋の隅にかしこまっている大童子も、愛想はまったくないものの、凜とした容姿が申し分ない。

姫の乳母などは定心の美男ぶりにうっとりと見惚れていた。が、若菜姫ははにかんで下を向くばかり。それどころか、定心が彼女の人形に触れようとすると、ぎゅっと人形を抱きしめ、抗う素振りを見せた。

「おやおや、取りはしないよ。その人形を少し見せてくれるだけでいいのだけれどね」

優しく言い聞かせても、若菜姫は眉根を寄せて首を強く横に振り、乳母に助けを求めるように身を寄せる。

「やれやれ、嫌われてしまったようだね」

継母の三条は恐縮して頭を下げた。

「申し訳ございません。このように、片時もそばから離さないものですから」

「いえ、それならそれで、やりようはありますとも。とりあえずは加持ですな。小さな童には僧侶の読経など退屈で仕方ないでしょうし、これから壇の用意をして早めに済ませてしまいましょうか」

定心のあっさりとした物言いに、三条は不安げに眉宇を曇らせた。

「それだけでよろしいのでしょうか……」

「いまこのとき、特に怪しい気配は感じられませんので、あわてる必要もないかと。人形をもっとよく調べさせていただければ、違う見解が出てくるかもしれませんが――」

ちらりと定心が視線を向けただけで、若菜姫は人形をいっそう強く胸に抱えこんだ。とても渡してくれそうにない。定心は苦笑混じりに微笑んだ。

「怖がらなくてもいいんだよ。大丈夫。大丈夫だからね」

いくら猫なで声を出そうと、魅惑(みわく)の笑みを向けようと、哀しいかな、七歳の童女にはまったく通用していなかった。

一方、白菊は若菜姫の人形のことが気になって、午後の講義にも集中できずにいた。

その日は写経をするよう指導されていたのだが、ありがたい経文(きょうもん)を写し取ろうと筆を手に取り、白い紙に墨書きしていると、おのれの書いた文字の線に、あの人形の黒い糸をどうしても思い出してしまう始末。

しゅるりと人形本体の中に引っこんだ黒糸は、さながら極細の蛇のようだった。ひょっとしたら、宝蔵の中で聞いた物音は、あれの前兆だったのかもしれない。だとしたら、それは善き前兆か、あるいは悪しき前兆か。——といった具合に思考は空廻りをくり返す。

（たまずさどのに相談してみようか……）

どうしてか、あの物の怪のことを真っ先に考えてしまい、白菊はそんな自分にハッとした。

（馬鹿だな。相談なら、まずは和尚さまにするべきじゃないか）

定心はいまごろ、若菜姫親子の相手をしているところだろう。小さな姫に知られぬよう、人形の黒い糸の件を定心に報告するのは難しいかもしれない。

（ならば、大童子の我竜どのに伝えてもらうとか……）

我竜のむっつり顔を思い浮かべただけで、白菊は気がひけてしまった。彼とは直接、会話を交わしたことがまだなかった。峠で山賊にからまれた際、助けてもらった恩はあるものの、気さくな定心とは違って、どうも話しかけづらい。

どうしたものかと悩んでいると、

「考え事かな？」

講師の僧侶から怖い顔で声をかけられ、白菊はぎくりと身体を硬直させた。筆を握った手が大きく震えて、横一文字に不要な線を紙上に描く。

あっと白菊は声をあげ、講師は大きくため息をついた。

「雑念が文字に表れておるぞ。心を無にして、ほれ、最初から」

「は、はい」

まわりの稚児たちの間から、くすくすと小さな失笑が聞こえた。白菊は恥ずかしさにうつむいてしまい、笑ったのが誰なのか確かめることもできない。

(千手さまに笑われたのかもしれない……)

勝手にそう思って羞恥(しゅうち)を募らせたが、実際に笑ったのは千手ではなく多聞だった。

「先ほどの態度はよくなかったぞ、多聞」

経文の講義が終わり部屋を移動していた際に、歩きながら千手が多聞にそう言った。多聞の横にいた不動も、無言ながら千手に同意してうなずく。

多聞は、さも意外だと言わんばかりに目を瞠ったが、口では即座に謝った。

「申し訳ありません。御落胤さまがあまりにかわいらしくて、つい」

そこで多聞はさらに付け加えた。

「残念ながら、絵画以外の才能は凡庸(ぼんよう)なかたのようですね」

「だからなんだ」

「ですから、お気になさることはないかと」

「気になどしておらぬ」

千手がいらだちを滲ませても、多聞は知らぬふりをしている。むしろ、不動のほうが太い眉を八の字に下げて、困惑を露わにしていた。

「気にはしておらぬが――」

千手は一瞬、言いよどんでから言葉を継いだ。

「白菊が描いた片栗の絵を見てみたい」

そこで、不動が大きくうなずいた。

「なるほど、わかりました」

「わかったのか？」

「本当か、不動？」

驚く千手と怪訝そうな多聞に、不動はより大きくうなずき返した。

「わかりましたとも。絵を見せて欲しいと頼めば済む話ですからね。易いことです」

たちまち千手は眉宇を曇らせ、首を横に振った。

「それはいい。やめておけ」

「なぜですか、千手さま。わたしが代わりに行ってきますので、何も案じずに待っていてき止める。

「なぜ止める、多聞」

「おまえこそ、なぜいつも猪ばりに突進するのだ。少しは考えろ。むこうから『この絵を見てやってください』と乞うてきたのならともかく、こちらから『見せて欲しい』と申し出ては、御落胤さまを気に懸けていることが丸わかりではないか」

千手の形のよい耳にさっと血の気が差し、真珠色から珊瑚色へとたちまち変じた。

「べつに、気に懸けてなどおらぬ」

強い口調で言い放つや、千手は急にずかずかと歩き出した。

「ほら、見ろ。おまえが余計なことを言うから、千手さまがお気を悪くしたぞ」

「お、おれのせいか?」

「お待ちください、千手さま」

「千手さま、千手さま」

異口同音に千手を呼びつつ、多聞と不動が彼を追っていく。ふたりの取り巻きは、見た目も性格もまったく違っておりながら、妙なところで息はぴたりと合っていた。

結局、白菊は幾度も写経をしくじったせいで居残りをさせられていた。ようやく講師から解放されて、硯や筆を入れた文箱を手に、自分の部屋へと引きあげる。

荷物を部屋に置いたら、定心和尚のもとへ行こうと思っていた。若菜姫たちのことが気になって仕方がなかったからだ。

（まずは人形の黒い糸のことを和尚さまにお話しして、それから、駄目でもともとだ、加持祈禱のお手伝いをさせてくださいと申し出てみよう。せめて、場の隅のほうにでもいさせてもらえれば……）

手習いを始めたばかりの寺稚児風情が、何かの足しになるとは白菊とて思ってはいない。定心和尚にすべてお任せするのが良策だということも、重々、承知している。

それでも、事の次第を近くで見守りたい、自分にも何かできることがあるやもしれぬと思わずにはいられなかった。もしも、万が一の事態が発生したとき、宝蔵の中で予兆を感じていたのに、人形の中に隠れた黒い糸を自分だけは見ていたのに、なぜ警告しておかなかったのだと後悔する羽目になる。それだけは絶対にいやだった。

自室には誰もいないものと、白菊は思いこんでいた。いても世話係の知念だろうと。

なのに、部屋に入ろうとした刹那、ふらりと中から不動が現れたので、白菊はびっくりして立ちすくんだ。危うく文箱を取り落とすところだった。

不動のほうも、白菊と鉢合わせして少なからず面食らった様子だったが、

「おお、驚かせてすまんな」

開口一番、拍子抜けするほど素直にそう言ってくれた。

不動丸の名は、もちろん五大明王の一柱、不動明王に由来しているのだろう。不動明王は煩悩を断ち切る剣を手にし、火炎を背負って立つ厳めしい姿で知られている。そんな明王の名を持つにふさわしく、不動は上背があって容貌もいかつい。

とても同い歳には見えない彼に圧倒されながらも、白菊は「わたしに何か御用ですか?」と問うてみた。

「うむ、実は頼みがあって」

「なんでしょう。わたしにできることでしたら……」

ひと呼吸おいてから、不動はおもむろに予想外の話題を切り出した。

「先日、夕餉に出た片栗のおひたしの味が忘れられぬのだ」

「えっ?　……あ、そうでしたか」

なぜ、ここで夕餉の話が、と白菊は不思議に思った。また片栗のおひたしが食べたいと

いうのであれば、厨に行ってそう願い出れば済む話である。片栗を摘んできたのは白菊と知念ではあるものの、調理にまでは関わっていない。

「ならば厨に……」

みなまで言わせず、不動は腕組みをして残念そうに低くうなった。

「しかし、片栗の花と葉はもう使い果たしてしまい、片栗粉用の根しかないらしい」

「……はあ、そうでしょうね」

「ならせめて花の絵でも眺めて、あの味をしみじみ噛みしめようかと考えてな。ほら、夕餉の席で話していたではないか、片栗の花を画題に描いてみようかと」

「それは、まあ」

「よければ、一枚、片栗の絵を貸してはくれぬか。明日には返すから」

「はい……」

絵を眺めて記憶にある味をしみじみ噛みしめたい。その説明に納得したわけではないものの、ただでさえ目力の強い不動に大真面目な顔で睨まれると、うなずかざるを得ない。

「手すさびに描いてみただけなので、お恥ずかしい限りですが……」

部屋に入って、二階棚に置かれた紙の束の中から片栗の絵を引っぱり出す。記憶を頼りに、日記代わりに書き記した簡単な絵であり、出来そのものは白菊もけしてよいとは思っ

ていない。そのことも告げたのに、不動はちゃんと聞いていてくれていたのかどうか、

「ありがたい。では」

絵を受け取るや、用は済んだとばかりに足早に去っていく。そんな彼の広い背中を白菊はぽかんとして見送った。

（絵が手に入って、よほど嬉しかったのかな……？）

戸惑う反面、自らの絵で誰かを幸せにできたのなら、それはそれで喜ばしいとも思った。たとえ、それがいままでろくに話したこともない不動であっても。

若菜姫に関しても、きっとそうなのだ。自分とあの幼い少女とはなんの縁もゆかりもない。かといって、この不吉な胸騒ぎをほうってもおけない。あとになって、「こうしておけばよかった」と後悔はしたくない。ごくごく些細なことであっても、物事をよりよきほうへ進める手段があるのなら、及ばずながら加勢したい。

改めてそう感じた白菊は、文箱を片づけると定心和尚のもとへと急いだ。定心は阿弥陀堂で、若い修行僧たちに指示し、加持祈禱の準備を進めさせているところだった。

高い天井から吊られた金色の天蓋の下で、結跏趺坐した阿弥陀如来像が、いそがしく立ちまわる修行僧たちを見守っている。その中には知念も交じっていた。

「あ、柄香炉はもっと礼盤（座席）のそばに寄せて。木魚はそこじゃなく、もっと手前に

頼むよ」

　などと言いつつ、定心は椅子に腰かけ、大童子の我竜に頭を剃らせている。

「今日はまた、ずいぶんとのびるのが早いようですね」

　剃刀を動かしつつ、そう言う我竜に、

「うん。若菜姫の人形を見ていたら頭皮がかゆくなって。あ、これはのびてるなと思ったら、やっぱりだったね」

　おそらく、朝のうちに一度、剃ってはいるのだろう。それでも、また剃らねばならなくなるとは、大変だなと白菊は思った。

　そんな、見るからにいそがしげなところに割って入るのは気がひけたが、白菊は思い切って彼らに声をかけた。

「おいそがしいところ申し訳ありません……」

　我竜が露骨に眉をひそめて白菊を一瞥する。知念も働きながら心配そうな顔をしてこちらをうかがう。肝心の定心はいつもの飄々（ひょうひょう）とした笑顔で応じてくれた。

「おやおや、どうかしたのかい？」

「はい、あの、若菜姫のことで」

「ああ、はいはい。あのかたがたの道案内をしてくれたのだったね。ほら、見ての通り、姫の母君の菩提を弔うために、いま加持の準備を進めているよ。まあ、小さな姫君を同席させるわけだから、負担にならぬよう、明るい時刻にささっと終わらせてしまうつもりでいるけれどね」

「さっさと、ですか……。つまり、それほど深刻な話ではない、ということですか？」

白菊の複雑な心境をその目線や口ぶりから感じ取ったのだろう、おや、と定心はいぶかしげに片方の眉を上げた。堂内に射しこむ陽の光がその瞳に映り、炯々とした輝きを放つ。

「白菊は何か深刻なものを感じたのかな？」

「そういうわけではないのですが……。見て、しまったのです」

「何を」

笑顔はそのままに、定心は優しく促した。おかげで白菊も安心して、自分が見たものについて語ることができた。堂内の修行僧たちには聞かれぬよう、声は小さめであったが。

「若菜姫の人形から黒い糸のようなものが出ているのを……」

「黒い糸」

定心は平坦な声でつぶやいた。我竜の手がいったん止まったが、彼は何も言わず、再び剃刀を動かし、黙々と定心の髪を剃っていく。

「見たのは一瞬で定かではないのですが、布がほつれて糸がはみ出しているのかなと思ったら、それがシュッと人形の中に引っこんだのです。まるで、黒くて細いカラスヘビが物陰に身を隠したかのようでした」

　思い出しただけで、白菊の身に震えが走る。定心はうーんとうなって腕組みをした。動かないでください、との我竜の注意を聞き流し、

「そういうことなら、ちょっと強めの態度に出たほうがいいかもだね」

「強めの態度、ですか」

「うん。若菜姫には嫌われてしまったっぽくて、人形に全然触らせてもらえなかったんだよ。なので少々遠慮していたのだけれど、逆に気にせず強く出たほうが、姫やまわりのかたがたのためにもいいような気がしてきた」

「怪異の正体が亡き母御の霊だとしても、ですか」

　気が咎(とが)めて口調を濁す白菊に、定心は目を細めて言った。

「たとえ肉親であっても、ひとたび彼岸(ひがん)に渡ってしまえば、以前とはまったく違う存在になるのだと覚悟しておいたほうがいい。肉体を離れた途端、それまでの理性や情愛を忘れ、衝動のままに振る舞う霊は多いから。もっとも、そうでない場合もあるから見定めるのが難しくてね。概(がい)して、異界のモノたちは気まぐれだからな」

「異界のモノたち……」

その言葉は恐怖を喚起させると同時に、不思議と魅惑的な響きをともなっていた。白菊は馬酔木の花のごとくに白い物の怪、たまずさのことを思い浮かべずにはいられなかった。美しく、庭木にもなるのに、毒を有した馬酔木の花。脅すようなことを言いつつ、香炉の蓋をすんなり渡してくれたたまずさに、印象が重なる。

あたかも、白菊のその想いが伝わったかのように定心が言った。

「そういえば、寺の宝蔵に入ったのだって？」

急に話の矛先を変えられ、白菊はあわてて謝った。

「は、はい。あの、すみません、許可もなく……」

「いや、別に責めているわけじゃないから。ただし、気をつけて。あそこには怖いモノがいてね。もう逢ったらしいけれど」

全部、知られている。驚く反面、知念から聞いたのだろうなと想像はついた。別に口止めはしていなかったし、知念はきっと心配して和尚さまに報告したのだろうなと理解はできた。定心の言う怖いモノが何を差しているのかも。

「たまずさどののことですか」

誘導されるままに、白菊はたまずさの名を口にした。ふうん、と定心はつぶやいた。

「たまずさ。名乗りあげもしたのか、あれは」

怒られる、と白菊は覚悟した。この世ならざるモノに迂闊に近寄るとはなんたることだと、強く叱責されても仕方がないと。

しかし、予想に反して、定心は穏やかに言った。

「この寺にいる以上、あれの好きにはさせない。したくても、できまい。とはいえ、気まぐれで残酷な物の怪であるに変わりはないのだから、あまり深入りしないようにね」

「……は、はい」

口頭の注意だけで済んだことに驚きつつ、白菊は思い切って訊いてみた。

「それで、あの、あつかましいお願いかとは思いますが」

「うん？　何かな？」

「人形の加持で、わたしに何かお手伝いできることはありませんか？　若菜姫や三条さまが心配なので……」

幼い少女もだが、彼女を不安そうに見守る継母のほうに別れた母親の面影を重ね、余計に気に懸けているのだろうと、白菊も自覚はしていた。じっとみつめる定心も、まるで白菊のその気持ちを察したかのように、あえてなぜとは問わない。

「それは構わないけれど、もしかしたら怖いモノを見てしまうかもだよ？」

「大丈夫です」

考えるより先に白菊は応えた。全然大丈夫ではないかもと遅れて思いはしたが、いまさら訂正するつもりもありはしなかった。

「じゃあ、同席を許可しよう」

定心が言うが早いか、「和尚さま」と我竜が非難がましい声を発したが、大童子の意見は聞いてさえもらえなかった。

一方その頃、白菊の部屋を出た不動は、一直線に千手のもとに向かっていた。

千手は自室で多聞とくつろいでいた。そこに足音高く不動が入っていく。

「千手さま、手に入れましたぞ」

千手ではなく多聞が「どうした、何をだ、不動」と尋ねる。不動はふふんと笑って、自慢げに片栗の絵を広げてみせた。

「さあ、これこそが白菊丸の描いた片栗の絵ですぞ」

千手と多聞は驚きに目を瞠った。千手は無言だったが、多聞はすぐさま不動に食ってかかる。

「どうやって。まさか、御落胤さまに直談判(じかだんぱん)したのか?」

「ああ、してきた」

多聞の表情がたちまち険しくなる。

「止めたのに、結局、行ったのか。馬鹿なことをしてくれる。千手さまのお気持ちを考えなかったのか、おまえは」

しかし、不動は涼しい顔で、

「片栗のおひたしの味が忘れられぬから、絵があるなら一枚貸して欲しい、おれが味を思い返すよすがにしたいと頼みこんだ」

「おひたしの味ぃ？」

「ああ、千手さまの名はひと言たりとも洩らしておらん」

不動にしてみれば、千手の名を出さずに片栗の絵を手に入れるため、ない知恵をふりしぼって出した奇策だったのだ。

多聞はあきれて、ぽかんと口をあけ、千手はぷっと噴き出す。ひとしきり笑ってから、千手は不動に手を差し出した。

「どれ、見せてくれ」

「どうぞ、どうぞ」

不動から受け取った絵を、千手はしばし黙って眺めた。彼の横顔を多聞は案じるように見守り、不動は不動で「手すさびに描いてみただけなので、お恥ずかしい限りだと申しておりましたよ」と言い添える。

「これが手すさびか……」

千手はため息混じりにつぶやいた。要らぬ感情をこめないよう努めたつもりだったのに、あまり功を奏してはおらず、彼は二、三度、咳ばらいしてから言った。

「ますます、これが咲いている場所に足を運びたくなったな」

多聞が怪訝そうに訊き返す。

「片栗の、ですか?」

「ああ。現物を見たい。わたしも片栗の絵を描きたい」

口調は穏やかでも、その目には白菊への対抗心がみなぎっている。千手がそう言うのなら、多聞たちのほうも返事は決まっていた。

「では、われらもご同行いたしまする。なあ、不動」

「もちろんだとも、多聞」

大柄な不動は胸を張って応えた。実に頼もしい限りだった。

若菜姫の亡き母の菩提を弔うため、加持祈禱を執り行う。その名目で、勿径寺(もっけいじ)の阿弥陀堂に護摩壇(ごまだん)が設けられた。

それほど大がかりなものではなく、定心の手伝いとして駆り出された者の数は少ない。その中に白菊丸と知念も含まれていた。

準備が整うや、若菜姫と三条の方、乳母が阿弥陀堂に案内されて、すぐに儀式は始まった。定心は壇の前に座して厳(おごそ)かに経を唱え始めた。

普段よりは低い声音。その響きは天人の奏(かな)でる楽(がく)のごとくに堂内に響き渡った。半眼(はんがん)になって蓮華座(れんげざ)の上からみつめる阿弥陀座像も、声明(しょうみょう)の調べにいたく満足しているように見える。

三条と乳母は数珠(じゅず)を手に、敬虔(けいけん)な表情で定心の読経に聞き入っていた。これできっと救われる、怪事は収まると強く期待しているのがありありと伝わってくる。

七歳の若菜姫には加持そのものが退屈であったのだろう。寺から出された菓子をつまんで腹が満ちていたせいもあり、眠たそうに目をこすっている。それでも、もう片方の腕でしっかりと人形を抱きしめている。

人形のほうには見たところ変化はなかった。手描きされた拙(つたな)い目鼻は微動だにしないし、声を発することもない。小さな子に愛玩(あいがん)されて、くたくたになった布人形、それ以外の何物でもありはしない。

加持が済めば、若菜姫たちには寺に一泊してもらい、翌朝、帰宅する手はずとなっていた。読経の効果があったかどうか、ひと晩おいて様子を見ようという定心の配慮だった。

何事もなく終わって欲しいのか、それとも定心の法力によって怪異の正体が暴かれて欲しいのか。後者の場合、若菜姫は亡き母の霊と対峙することにもなりかねない。幼い少女の心の傷となりはしまいかと考えると、どうあるのが最善なのかわからなくなって、白菊は複雑な思いで成り行きを見守る。

護摩壇の炎は赤々と照り輝き、炉の中ではぱちぱちとせわしなく護摩木が爆ぜていた。くべる護摩木が足りなくなっていくのを見て、我竜がそっと護摩壇に近づき、追加を置く。定心が新たな護摩木を炉に投じると、ボッと音を立てて火炎が高く立ちのぼり、彼の横顔に複雑な陰影を生じさせた。

のびた髪を剃ったばかりだけれども、和尚のあの白い帽子(もうす)の下では灰鼠(はいねず)色の髪が早くも生え始めているのではないかと、白菊は想像せずにはいられなかった。不思議な現象だが、定心和尚ならあり得ると抵抗なく思えてしまう。そんな彼だからこそ、死霊(しりょう)を退(しりぞ)けることも可能なのだろうと期待は高まる。

粛々(しゅくしゅく)と儀式は進行する。読経の声と護摩木の爆ぜる音との重奏が緊張を緩和し、若菜姫以外にも心地よい眠気をもたらしていく。白菊と知念も例外ではなく、ついうとうととし始める。

自然とうつむいていた自分に気づき、顔を上げた白菊は、我竜がそっと若菜姫に忍び寄っているのを目撃した。

おそらくは定心の指示であったのだろう。若菜姫も乳母も三条も、彼の接近にまだ気づいていない。

我竜は若菜姫の手から人形を取りあげようとした。

だが、その寸前、眠っていたはずの若菜姫がカッと目を見開き、歯を剝き出しにした怒りの形相で我竜を睨みつけた。

「触るでない」

はにかみ屋の少女には似つかわしくない、鋭い口調で我竜を制する。さすがの我竜も息を呑んで動きを止めた。

若菜姫に寄り添っていた乳母は仰天して身をすくめた。

「ひ、姫さま？」

おののく乳母を無視し、若菜姫は我竜を睨めつけつつ立ちあがる。腕には人形を抱え、目を剝いて、歯をずっとがちがちと嚙み鳴らしている。

「姫、どうしたのですか」

三条があわてて問うと、若菜姫は継母に対し「黙れ」と氷のように冷たい声を発した。そんなふうに恫喝されたのは初めてなのだろう、三条は驚きと動揺を隠せない。

どう考えても尋常ではなかった。見た目は若菜姫でも、中身がすっかり変わってしまったかのようだ。おそらく、その場にいた全員がそう思ったに違いない。

乳母が声をうわずらせて言った。

「ま、まさか、御方さま……！」

それは三条ではなく、明らかに若菜姫の亡くなった実母を差していた。

若菜姫はそう言われるのを待ちかねていたかのように、にいっと邪悪に笑ってみせた。乳母はひゃあと悲鳴をあげ、広袖で顔を覆ってうずくまってしまう。そんな乳母を、若菜姫はニタニタと笑いながら見下ろしている。

笑顔なのに、おぞましい。姫のあまりの変わりように、白菊も身の震えが止まらなかった。亡き母の霊が少女を見守っていたのだと解釈したいのに、そんな美談を本能が拒む。

そのときになって、ようやく定心が読経をやめ、ゆっくりと若菜姫を振り返った。

「お出ましいただけましたか」

定心は面変わりした若菜姫にも臆さず、冷静に話しかけた。

「拙僧は勿径寺の定心と申します。大和介さまの前の奥方とお見受けして、お願いしたき儀がございます」

　ぱちりと、炉の中の護摩木が合いの手を入れるように爆ぜる。

「若菜姫にはすでに、三条の方という新たな母御前がおられます。もはや、あなたの居場所はここにございません。どうか、娘御への未練は断ち切って、静かなお心で彼岸へと旅立ち願えませんでしょうか」

　まっとうな発言であった。が、若菜姫に憑いたモノは承服しかねるように歯ぎしりし、獣のようなうなり声をあげる。

「ご納得いただけませんか？」

　定心は小首を傾げて残念そうに言った。それから一転、にっこりと明るく微笑む。

「ああ、そうでしたか。あなたが未練に思われるのは娘御ではなく、背の君のほうでありましたか」

　たちまち若菜姫の眉が逆立ち、怒りの形相がさらにすさまじいものとなった。

　隣にいる知念がうげっと小さな声を洩らすのを、白菊は聞いた。我竜は声こそ出さなかったものの、若菜姫に負けず劣らずの形相となって定心和尚を睨みつける。乳母は半泣きになり、若菜姫から距離をとろうと、ずりずりと尻餅をついたまま後退っていく。三条は身動きもできず、顔面蒼白となっている。

定心だけはどこまでも明るく、愉快そうに若菜姫に言った。

「では、なおさらですね。大和介さまの妻の座は、そこにおわす三条の方のものとなりました。死せるかたの腐り爛れて蛆の湧く身体では、愛しいひとの褥を温めることも叶いますまい。どうか潔くあきらめて、地の底に広がる暗く冷たい黄泉の国へと、とくとくお帰りくださるように」

我竜がぶるぶると肩を震わせた。三条や乳母がこの場にいなかったら、「面白半分で幽鬼を挑発してどうします！」と定心を頭ごなしに罵倒していただろう。

我竜以外の者たちは怒る以前にあっけにとられ、すくみあがっていた。霊を相手に楽しげにあおる定心が、彼らにはまったく理解できない。いや、彼らでなくとも理解できまい。

（きっとこれは和尚さまなりの深いお考えが……）

と白菊は思おうと努めたが、そうやって擁護することに虚しささえ感じてしまう。

怒りを抑えきれなくなった若菜姫は、くわっと歯を剝くと定心に飛びかかっていく。

すかさず、我竜が少女の肩を押さえこんだ。しかし、若菜姫は体格差をものともせずに我竜を振り飛ばした。飛ばされた我竜は阿弥陀堂の柱に背中からぶつかり、ずるずると床に沈む。

けれども同時に、若菜姫の腕からぽとりと人形が落ちた。若菜姫は急に脱力して、その場に両膝をついた。激しかった怒気がたちまち消えて、眠たげで虚ろな表情となる。

床に転がった人形のほうが変化は劇的だった。人形の首のあたり、布と布の間から、真っ黒な糸——否、髪の毛が一気に噴き出したのだ。

以前に白菊が目撃したような一本きりではない。小さな布人形の頭部に、どうしてこれだけの量が収まっていたのだと驚くような黒髪の塊。それは瞬時に大きく跳ねて定心に襲いかかった。

定心はひるまず、脇に置かれていた護摩木を一本、手に取った。髪の塊の中心に護摩木を突き刺し、ぐるぐるとからめとって護摩木ごと炉に放り投げる。

油を投じられたかのごとく、ぼわっと炎が高く燃えあがった。

灰のにおいがひときわ強く香る中、赤い火柱が等身大のひとの立ち姿を形作った。髪が長く、白い単衣と紅の袴をまとった女人だった。

三条とほぼ同世代か。豊かな黒髪は熱風にあおられて逆立ち、憤怒の形相を縁取っている。目を剝き、歯をがちがちと嚙み鳴らしているその表情は、先ほどの若菜姫に驚くほど酷似していた。姫の亡き母の霊に間違いあるまい。

「本命登場、ですか」

　火柱の中の霊鬼を見据えて、定心は余裕で嘯いた。

　白菊の話などから、人形に何か仕込まれていると判断した彼は、そのあぶり出しを図ったのだろう。狙い通りに、人形の怪異の正体――若菜姫の実母が姿を現した。これでようやく、一点に集中して対処できる。

　乳母は恐怖のあまり、すでに気を失っていた。若菜姫は虚ろな表情のままで、霊鬼が自分の母親だと認知できているかどうかも定かではない。

　我竜は柱の根もとで身を起こし、打った背中の痛みに顔をしかめつつ身構えている。白菊と知念は互いに手を取り合って震えるばかりだ。

「拙僧は申しあげましたよね。おとなしく黄泉の国へ旅立ちなされと」

　重ねて諭そうとする定心に、霊鬼はぐわっと歯を剝いて威嚇する。彼女の怒気に呼応して炎は激しく揺れ動き、その反射光で阿弥陀堂の天蓋はぎらぎらと照り輝く。

　阿弥陀とは無量・無限を意味する梵語 Amita に由来し、無量光仏との別名もある。如来像自身も思わぬ形で無限の光をまとうこととなり、困惑しているように見えなくもない。

　定心は仕方ないなと言わんばかりに肩をすくめた。

「そうですか、そうですか。聞き入れられぬとあらば不本意ながら、多少、手荒なこともやらねばなりますまいな」

彼はゆっくりと両手を合わせ、指を組んで印を結ぼうとした。にやりと片方の口角を上げ、その法力を発揮しようとしたまさにそのとき、

「お鎮まりください、御方さま」

三条がわななく声を張りあげて霊鬼に呼びかけた。

火柱の中の霊鬼は、ぎろりと三条を睨めつける。敵意剝き出しの霊の視線におびえながらも、三条は霊鬼を拝むように手を合わせ、懸命に声をふりしぼった。

「母親が、妻が、遺していったひとびとの身を案じるのは当たり前のこと。さぞや、お苦しみなさったことと思います」

三条の同情の言葉に、霊鬼はいっそう白目を血走らせた。鬼気迫るとはまさにこのことで、説得は逆効果であったかと白菊は危惧した。知念や我竜もきっとそう思っただろう。

それでも、三条は訴え続ける。定心も彼女の邪魔はしない。

「わたくしごときにこのようなことを言われたくもないでしょう。ですが、それでも、願わずにはいられないのです。どうか若菜姫や大和介さまへの執心を手放して、お鎮まりくださいますようにと」

霊鬼の視線の苛烈さに変化はない。恐怖のあまりか、もどかしさからか、三条の目には涙があふれてきた。涙に暮れて、彼女の声はますますうわずっていく。

「おふたりを不幸にするようなことはけしていたしませんと、わたくしが命にかけて誓いますから。世間が噂するような継子いじめなど、絶対に絶対にやりませぬとも。こんなかわいらしい若菜姫に、どうしてそのような無体な真似ができましょうか」

三条は若菜姫を振り返った。若菜姫はまだ呆然としている。その目に実母の姿は映っているのか、その耳に継母の声は届いているのか、そこはわからない。ただ、三条が姫に向けるまなざしに、偽りなき深い情愛がこめられていることだけははっきりしていた。

白菊は再び、三条に自分の母親の面影を重ねて目を潤ませた。

(母上さま……)

さほど似てもいないのに実母と三条を見間違えたのは、三条がすでに若菜姫の母たり得ていたからだったのだ。血の繋がりなどなくても親子になれると、白菊は改めて彼女に教えてもらえた心地がして胸を熱くする。

そして思う。万葉の歌人が馬酔木を見せたいと願ったひとは、もうこの世にはいない――それは仕方のないことで、あきらめなくてはならないのだと。執着しすぎてはならないのだと。

「ですから、どうか信じてお鎮まりくださいますように。この通り、伏してお願い申しあげます……！」

ひたすらに頭を下げ、霊鬼に必死に頼みこむ三条の姿に、自己保身のための嘘は微塵も感じられない。そのひたむきさが霊鬼にもやっと伝わったのだろうか。霊鬼の表情がふっとなごむと同時に、ごおっと炎の勢いが増して火柱がより高くあがった。

渦巻く炎が霊鬼の全身にまとわりつき、その姿を覆い隠す。髪の毛の焦げるにおいが数瞬、強く堂内にたちこめてから、火勢がひいていく。

火柱の中に、もはや霊鬼はいなかった。髪の毛の焦げるにおいも消えて、火は炉の中へと収縮していく。ばちぱちと護摩木がはじけて、少しばかりの灰が散る。

霊は彼方の岸辺へと立ち返っていったのだ。

定心が小さく息をつき、額の汗をぬぐった。帽子がずれて、灰鼠色の短い前髪がちらりと覗く。加持の直前に剃ったばかりだというのに、やはりのびるのが早い。

若菜姫が急にがくんと肩を落とした。それがきっかけとなってか、われに返ってぱちくりと瞬きをくり返す。そんな少女に三条が駆け寄っていき、ぎゅっと抱きしめる。

「姫、若菜姫」

泣きながら名を連呼する三条に若菜姫は戸惑っていたが、抵抗はしなかった。自分の身に何が起きたのか、若菜姫は知覚していなかったのかもしれない。それでも、感じられるものはあったのだろう。

やがて若菜姫は少しずつ身体の力を抜いていき、継母の抱擁に身を任せた。声には出さなかったものの、姫の可憐な唇が「母上……」と動いたのを見て、白菊はホッと胸をなでおろす。

形見の布人形は床に転がって墨書きの目で阿弥陀堂の天井を見上げているだけで、そこに怪しい気配はもはや皆無だった。

そのすぐあとに、失神していた乳母も無事に息を吹き返した。

三条と乳母は定心和尚に重ねて何度も礼を言い、若菜姫を伴って陽が暮れる前に勿径寺を去っていった。

形見の人形は若菜姫の腕にいだかれていたが、もはや案じることはないと定心が保証した。

「おそらく、若菜姫の母御はおのれの髪の毛を、自らの分身として人形の中に入れておいたのでしょう。それは幼い娘を近くで見守りたいという気持ちからだったのでしょうが、さまよえる魂がさらに現世への執着を募らせるきっかけにもなってしまった。でも、大丈夫。妄執の髪の毛は護摩の炎で燃え尽きてしまいましたし、何より、新しい母御が霊鬼の前で御自分の覚悟をはっきりと表明したのですからね。再び同じような怪異が生じることはありますまい。人形も姫の成長とともに、いずれ必要なくなりましょう。それでも何か心配なことが起こりましたらば、そのときはまた勿径寺にお越しください。歓迎いたしますよ」

満面の笑みでそう言われたのだ、これほど心強いことはあるまい。

事の顚末をその目で目撃することができて、白菊丸も満足していた。このことを、たまずさにも語って聞かせたくて、彼は夜になるとこっそり自室を抜け出し、宝蔵へと向かった。

霊鬼と遭遇した恐怖を、物の怪相手に吐露したがっている自分を奇妙に思わなくもなかったが、そうしたいのだから仕方がない。

宝蔵にたどり着くと、観音開きの扉の前に、たまずさがその純白の肢体を長々と横たえさせていた。近寄ってくる白菊に気づいて、たまずさはゆっくりと身を起こし、前脚を突っ張って猫のように大きくのびをする。長くて細い尾はゆらんゆらんと左右に揺れている。

「なんじゃ、また来たのか」

あきれたように言う彼女に、白菊はこくんとうなずいた。

「先日、話した若菜姫の件が解決したので御報告をと思いまして」

「おやおや、律儀（りちぎ）な寺稚児よのう」

白菊は宝蔵の階（きざはし）まで近づいていって昼間の出来事を語った。たまずさは扉の前にすわり直し、尾を揺らめかせつつ、少年の語りに耳を傾ける。

おそろしげな霊鬼が登場する怪異譚（たん）はたまずさのお気に召したらしく、彼女は天上の甘露（かんろ）を味わうかのように糖蜜色の目を輝かせ、舌なめずりまでしてみせた。

「なるほど、なるほど。亡き母御の黒髪が、なんと布人形の中に」

「ええ、おそらく若菜姫を見守るために……」

「それはどうかのう」

たまずさは鼻で笑って、自らの前脚の先をぺろりと舐（な）めた。

「娘のそばに霊としてとどまり、夫を監視する心づもりであったやもしれぬぞ？　実際、夫は美しい後妻を早々と娶（めと）ったわけであるし」

「でもそれは、まだ小さい若菜姫のためにもよかれと思って……」

「うんうん。男はそうやって聞こえのいい理由をつけたがるが、要するに新しい女が欲しかっただけよ。何を憚（はばか）ることがある、素直に認めればよいものを」

「……」

十二歳の白菊は何も言い返せず、頬を染めてうつむいてしまった。たまずさは少年の羞恥するさまを楽しむように目を細め、ころころと笑う。尾もいっそう大きく振る。事実はどうあれ、たまずさを心地よくさせることには成功したようだ。

「なんにせよ、面白かったぞ。また何事かあらば聞かせておくれ。定心の話でも構わぬ。あやつのどうしようもないぐうたらぶりは、世話する側には腹立たしくとも、聞く分には充分面白いからのう」

「はあ……」

定心和尚のものぐさな内情を物の怪に聞かせていいものかと迷わなくもなかったが、特に秘密にする必要も感じられない。定心和尚も厭がりはしなさそうだし、第一、こうしてたまずさと話す時間を持つことができた。

昼間は稚児として同世代の者たちと学び、夜は物の怪と語らう。まさか、こんな日々を送るようになるとは、以前は想像もつかなかった。

昼はともかく、夜は果たしてこれでよいのか。定心和尚も「あまり深入りしないように」とは言った。が、厳しく叱責されたわけでもない。

相手が妖物だということを忘れず、充分に用心していれば。毒のある馬酔木を虫よけの薬として用いるように、きちんとわきまえてさえいれば。

（さほど怖がることはない、かもしれない……）

言い訳に言い訳を重ねる白菊の心情を知ってか知らずか、たまずさは大きくあくびをしてつぶやいた。

「ふむ、いい暇つぶしになった。この礼はいつかまとめて返そうぞ。われがおぼえていたならばな」

その言いようからして期待はできそうにない、そもそも物の怪に期待すべきでもないと、白菊は苦笑いをした。

「いいですよ、礼なんて」

「だから、おぼえていたならばだ」

たまずさならば言っている端(はし)から忘れていきそうだった。そんな捉えどころのなさが気楽さにも繋がって、悪くないなと白菊には思えた。

三 ◆ 赤紫の花を求めて

いがぐり頭にうっすらと汗を浮かせて、貴重な書籍を何冊も抱えた知念が、勿径寺内の簀子縁をぱたぱたと走っていく。

彼は白菊の世話ばかりでなく、定心和尚のお世話も一部、請け負っていた。寺の雑事にも当たり前のように駆り出されるし、合間を縫って自身の修行にも励まなくてはならない。とにかく、いそがしかった。それでも、持ち前の陽気さで文句も言わずに、日々、修行に奉仕にと邁進している。

「知念」

ふいに背後から声をかけられ、知念は「はいはいはい」と威勢よく返事をしながら振り返った。てっきり、先輩格の修行僧に呼びかけられたのだと思いきや、そこにいたのは知念と同世代の寺稚児ふたり——多聞と不動だった。

どちらも上流貴族の子息。里の農夫の子であった知念とは、本来なら縁のまったくない相手だ。ましてや、多聞たちの後方にやや離れてたたずんでいる千手は、朝廷の重鎮、内大臣の子息である。寺稚児たちの中でも別格な存在と言ってもいい。

千手はこちらに横顔を向け、いかにも関心がなさそうであった。が、その表情とは裏腹に、こちらの会話を気にしていることは明白だ。そもそもが多聞と不動は千手の取り巻き、知念を呼び止めたのも千手の指示によるものと容易に想像できた。

「訊きたいことがあるのだが」

問いかけてきた多聞に視線を移し、知念は「はあ」と気の抜けた声を出した。

何を訊かれるのやら。おおかた白菊さまのことだろうと、知念は推察した。

これまで、寺稚児たちの中では千手が最も血すじがよかった。容貌も麗しく、才気に満ち、誰にとっても憧れの存在であることは疑いようもない。そこに今上帝の御落胤が天から舞い降りるがごとくに現れたのである。

血すじにおいては、内大臣の子よりも明らかに格上。容貌も愛らしく、愛嬌があり、他はまだわからないが絵の才能は十二分にある。それまで誰よりも優れていた千手の立場を、おびやかす者が登場したのだ。彼が気にかけないはずがない。

知念は日々、白菊の世話をしていて距離が近い分、心情的にも白菊に与していた。だからといって、千手側と下手に揉めるのもよくないと、ちゃんと理解はできている。

（適当に応えて煙に巻くとするか……）

そう思っていたのに、

「片栗の咲く場所を知っているか？」

「は？」

多聞からの予想外の質問に、知念の声がひっくり返る。

「片栗をお食べになりたいのですか？　でしたら、厨のほうへ。この間、摘んだ分がひょっとしたら残っているかも……」

多聞は首を横に振った。

「そうではない。大食いの不動といっしょにするな」

不動が露骨にむっとしたが、多聞はそれを無視して話を続けた。

「われらは片栗の花が咲いているところを直に見たいのだ。この間の片栗は知念が摘んできたと厨の者が言ったので、その場所を訊きに来た」

「ああ、そうなのですが」

野の花を眺めたいとは風流なことでと思いつつ、知念は歯切れの悪い口調で応えた。

「案内してさしあげたいのはやまやまなのですが、今日はこれから和尚さまのお手伝いをせねばならず……」

「場所さえわかれば案内はいらぬ」

「はあ、そうですか」

ならば事は簡単と、知念は片栗の咲く場所を多聞と不動に説明した。千手も聞かないふりをしつつ、耳をそばだてている。

場所を訊き、用は済んだとばかりに、三人はさっさと離れていく。その背中を見送りながら、知念は小さくつぶやいた。

「でも、まだ咲いているかな、片栗……」

摘み尽くしたわけではないが、あれも数日前のことであるし、花の見頃は過ぎているかもしれない。そんな懸念がなくもなかったが、

「まあ、いいか。そこまで責任は持てないものな」

肩をすくめ、知念は再び軽快に走り出していく。

簀子縁を駆け抜け、建物同士を繋ぐ渡殿を通り、柱の角を曲がる。その途端、目の前に小柄な稚児が急に現れてぶつかりそうになり、知念はひゃあと悲鳴をあげた。

相手の稚児が咄嗟に壁側に身を寄せ、どうにか正面衝突は回避したものの、知念は勢い余ってその場に尻餅をついた。抱えていた書籍は彼の手を離れて、ばさばさとあたりに散らばっていく。

「うわあ、和尚さまの御本がぁ」

あわてる知念に、ぶつかりかけた稚児——白菊が声をかけた。

「大丈夫、知念？」

「し、白菊さまでしたか」

白菊は床に膝をついて書籍を拾い集めてくれた。すみません、すみませんと謝りつつ、

知念も拾う。書籍に特に破損は見られず、知念はホッと息をついた。

「白菊さまこそ、お怪我は？」

「わたしはなんともないよ」

にこやかに微笑む白菊に、知念も笑みを返す。知り合ってまだ日も浅いのに、ふたりはすっかり打ち解けていた。他の稚児たちとは違って、実家の権勢やら何やらを鼻にかけない白菊が知念には好ましかったし、白菊にしてみれば、同世代の子と話せること自体が嬉しかったのだ。

「これは和尚さまの？」

「ええ。調べ物にお使いになるそうで」

「じゃあ、半分持つよ」

「そんな、申し訳な……」

「いいから、いいから」

屈託ない笑顔で言われて、知念も「では」と素直に甘えることができた。

同い歳の小坊主と稚児は、きっちり書籍を半分に分けて、定心和尚のもとへと向かう。

その間、ふたりはずっとおしゃべりに興じていた。

「おいそがしいのだね、和尚さまは」

「我竜さんは自業自得だと言っておりますよ」

「自業自得？」

「ええ、『夜半の飲酒を控えられれば調べ物ももっと早くに終わっていたはずです』と。『だいたい、何かと理由をつけて先送りにする癖がよろしくないのです』『とにかく始めないことには物事は終わりません。もちろん、おわかりですよね』とかとか、面と向かって和尚さまを叱っておりますよ、あのひとは。全然聞いてもらえませんけれどね」

あははは と、白菊は眉尻を下げて脱力気味に笑った。

「言われて怒らない和尚さまもすごいけれど、言う我竜さんもすごいね」

「それはまあ、ここだけの話――」

まわりには誰もいないのに、知念は口もとに手をあてがい、ひそひそ声になった。

「和尚さまの隠し子だという噂ですから」

「え？　我竜さんが？」

「お顔が少し似ておりましょう？」

「言われてみれば……」

齢四十八と自称する若々しい定心和尚と、十七、八の無愛想な大童子。言われなければ似ていると思いもしなかったのに、人間はひとたび気づくと、そこから意識が離せなくなってしまう。

「もともと、親戚だという触れこみではあったのですが」

「じゃあ、似ていてもおかしくないんじゃ……」

「そういうことにしておいて、出家後にできた隠し子を引き取られたのだろうと、もっぱらの噂なんですよ。だから、我竜さんが和尚さまを声高に叱っても、誰も何も言わないんです」

「なるほどね」

定心の私室に行くと、部屋には定心の他に大童子の我竜がいた。

「やあ、ご苦労。あれ、白菊も手伝ってくれたのかい？　ありがとうね」

にこやかに言う定心に対し、我竜は無愛想なむっつり顔。それはそれで、いつものことなのだが、あんな話を聞いたあとだけに、白菊は我竜の顔をまじまじとみつめてしまった。

それを不審に思ったらしく、我竜は白菊をギッと睨み返してきた。

たちまち、白菊はすくみあがる。その様子に、知念は必死に笑いをこらえねばならなかった。

空は一面、白い薄雲に覆われていた。雨が降るような気配はないものの、陽がさえぎられているせいか、風は肌寒い。

それでも、山道を登る千手は寒さをほとんど感じていなかった。遠出の疲労感はそこそこ溜まってきていたが、目的地はもうすぐそこだと思えば耐えきれなくはない。

片栗の花が生い茂る山に行きたい。みずみずしい片栗の現物を前に、絵を描きたい。

そんな千手の願いに応えて多聞が小僧の知念から場所を聞き出し、不動も同行してくれている。千手ひとりでは、とてもここまで来れなかっただろう。

体力自慢の不動はともかく、頭脳自慢の多聞はそろそろ限界を感じているらしく、「少し休みましょうか」と息切れ気味に提案してきた。正直、千手も休憩はしたかったが、はやる気持ちに押されて首を横に振る。

「あともう少しだ。きついなら、多聞は休んであとから追ってくればいい」

「いえ、そういうわけには」

多聞は足もとに落ちていた枝を拾い、それを杖代わりにして渋々歩を進めた。

「ああ、杖があると少し楽ですよ。千手さま、これを使いませんか？」

「わたしはいらない」

「はあ、そうですか」

むしろその返事を期待していたような顔で杖をつく多聞に、不動があきれて言う。

「多聞、おまえ年寄りくさいぞ」

しかし、多聞は気にせず、

「老成していると言ってくれ」

そんなやり取りの果てに、三人はようやく目的地にたどり着いた。緑に覆われた山の斜面、そこに片栗が赤紫色の可憐(かれん)な花を咲かせている——はずだったのだが。

咲くには咲いていた。が、話に聞いていたほどの群生ではなく、ぽつりぽつりとしか見当たらない。少ないその花も、ほとんどがしおれて変色している。

残念ながら、花の時季は彼らの到着を待たずして終わっていたのだ。

「しおれた花ばかり……。これでは絵にならないではないか」

くっと唇を噛んで、千手は山の斜面を睨みあげた。眉をひそめたその顔には、あきらめ難(がた)い想いがはっきりと表れている。

片栗は千手にとってただの画題ではなかった。

それまで、自分こそが寺稚児たちの中でも最も優れていると信じていたところに、降って現れた今上帝の御落胤、白菊丸。しかも生まれが尊いだけでなく、絵の才まで備えていると来ている。

絵には千手もひときわ自信があっただけに、これだけは譲れないとの思いはますます強くなった。白菊が片栗のような、なんということもない野の花を描こうというのなら、自分も同じ画題をより巧みに描かなくてはならない。そのためにも、緑の山に群れ咲く片栗の実際の姿を目に焼きつける必要があると感じたのだ。

三人の足もとでは、しおれた片栗の花が申し訳なさそうにうなだれている。千手の思い詰めた様子にはらはらしつつ、多聞がさり気ない体を装って言ってみた。

「仕方がありませんね。今日のところはあきらめて……」

が、千手はみなまで聞かずに首を横に振った。

「せっかくここまで来たのだ。もっと奥まで行ってみよう。遅咲きの片栗がみつかるかもしれない」

「いや、しかし、それは……」

多聞は二の足を踏んだのに、不動は愚直に「わかりました。お供します」と即答した。そうなると多聞もいやだとは言えなくなってしまい、彼は嘆かわしげに曇天を仰いだ。

「ああ、まったく……いえ、仕方ありませんね。では、もう少し、ほんのもう少しだけ奥へと行きますか」

ふいに、三人の後方でがさりと草を踏む物音がした。ぎょっとしてほぼ同時に千手たちが振り返ると、薄茶色の鼬が緑の草の合間から小さな頭を出し、びっくりしたような目でこちらを凝視している。

かわいらしい獣と視線が合っていたのはほんの一瞬。鼬はすぐさま身を翻し、放たれた矢のごとく逃げ去っていく。

千手たちは互いに苦笑し合って、山のさらなる奥へと歩み始めた。

空は依然、曇っており、雨も降りそうで降らない。いっそ降ってくれれば、あきらめもついて引き返せただろうに。

全天、雲に覆われて太陽の位置が見えないのも、時間の経過を把握しづらい要因となった。もう少し、もう少し先に行けばきっと――、そんな根拠のない期待に急かされて、千手は山を登っていく。多聞と不動も仕方なくついていく。

そうしているうちに、ほぼ登頂に近いあたりにまで三人はたどり着いた。周辺に高い木々はなく、代わりにごつごつとした石が散らばっている。道から一歩はずれれば、そこは急な崖だ。緑の草はまばら繁っているものの、片栗の花は見当たらない。

間に合わせの杖にすがって歩いていた多聞は立ち止まり、はあと大きく息をついた。

「さすがに、もう戻りませんか」

千手はすぐには返答しなかった。花のようだとよく称される美麗な横顔にきかん気な表情を浮かべ、唇を噛みしめている。不動は困ったように眉根を寄せつつも、無言で千手を見守っている。説得は多聞ひとりに任せられていた。

やれやれと心の中で嘆息しつつも、自分の役割をきちんと自覚し、多聞は言葉を重ねた。

「片栗にこだわらずとも、野の花でよろしければいくらでも寺の近くに……」

そのとき、風の吹く音に混じって、ちりん――と、それまでとはまったく違う音が聞こえてきた。

鈴を振る音だった。

三人はびくりと身を震わせ、あたりを見廻した。

木々がなくなった分、見通しがよく、自分たち以外には誰もいないと思われていたのに、道の先にもうひとつ、人影が立っている。

成人男性の証しでもある立烏帽子を頭上に戴いているが、その髪は長く、たおやかな体つきから、女だということがうかがい知れた。ちりん、ちりんという音は、彼女の立ち位置から聞こえてくる。

こんなところに女がひとり。ふもとの村の娘が山菜採りに来たというならともかく、それにしては、野良着などではなく重ね袿に紅の長袴と、まるで上臈女房のような出で立ちなのが不自然だ。髪も村娘なら畑仕事の邪魔にならぬよう、束ねておくのが普通なのにそうせず、風に吹かれるままにさせている。

しかも、烏帽子。ということは、男装の女——宴席などで歌舞音曲を提供する白拍子だろうか。どこぞの貴族か分限者（金持ち）の宴に余興として呼ばれ、山越えをしていたところ、仲間たちとはぐれたとも考えられなくはない。

が、それにしてはおびえている様子もない。その場所にいるはずのない存在が、平気な顔をしてたたずんでいる奇妙さ。となると導き出される答えは——

相手はこの世の者ではない、かもしれない。鬼、かもしれない。

果たして、彼女はどうなのか。

とにかく、女に気づかれる前にもと来た道を帰るのが無難と、千手たち三人は同じことを思った。それを実行に移そうと、一歩さがった途端、小石を踏む音に気づいて、女はさっと千手たちのほうを振り向いた。

立烏帽子の下、風に躍る黒髪に縁取られた白い面は、凄みのある笑みを浮かべていた。造作自体は整っているのに、キュッと吊りあがった唇が、ぎらぎらと輝く目が、異様な迫力を彼女に与えている。そのせいか年齢は判断しにくく、二十代にもそれ以上にも見える。

いきなり、女が千手たちに向かって走り出した。まるで獣のような身のこなしで、彼女の腰に下げられた鈴がりんりんりんと激しく鳴る。

千手たちは恐怖に駆られ、わっと悲鳴をあげて、もと来たほうへ逃げ出しかけた。だが、焦りすぎた千手は足を滑らせ、脇の崖へと滑落する。

「千手さま！」

不動がその大きな体軀に似合わぬ俊敏さで動く。千手の腕をつかんだものの、支えきれずに不動までもがともに崖に落ちていく。

「ふ、不動！　千手さま！」

仲間の名を呼ぶ多聞のすぐそばに、立烏帽子の女が迫っていた。

絶体絶命の恐怖に多聞はすくみあがる。杖として使っていた枝を振りあげる気力もない。動けずにいる多聞の顔を間近から覗きこむと、何が不満だったのか、女は急に不機嫌な表情となり、ざらついた声で言った。

「大嶽丸ではないのか」

大嶽丸。勿径寺に封じられている物の怪のひとつだ。

その名を聞いて驚く多聞を、彼女はいきなり殴りつけてきた。ぎゃっと悲鳴をあげて多聞はその場に倒れ、動かなくなる。女は途端に興味を失ったように曇り空へと目を転じた。

十二歳の童たちを脅して滑落させ、残るひとりも殴って気を失わせて――それでも、立烏帽子の女は罪悪感などまるでなく、平然と風に吹かれている。

「大嶽丸よ……」

いまの彼女の心を占めるのは、そればかりであった。

千手とその取り巻きふたりがいないことに匆径寺の者たちが気づいたのは、夕餉の直前になってからだった。

食堂にいつまでたっても千手ら三人が現れないので、厨の者が呼びに行ったが、部屋に姿はない。白菊を含めた寺稚児たちが数人がかりで寺内を探しまわっても、どこにも見当たらない。

どうしたものかと困っていたところ、三人連れだってどこかに出かけていくのを見た、との目撃証言がようやく得られた。とはいえ、行く先までは皆目わからない。

こんなときに限って定心和尚は、寺を留守にしていた。なんでも、面倒な調べ物がやっと片づいたので、里に酒を調達に行ってくると称して、お目付役の我竜とともに出かけたらしい。すぐに使いの者が里に走ったが、定心がいつ戻るか、戻っても酔った定心が使い物になるのか等は、誰にもわからない。

そうこうしている間にも、時間は容赦なく過ぎていった。薄曇りの白い空は光を失い、夜が刻々と迫ってくる。

その頃になってようやく騒ぎが知念の耳に入り、多聞さんにどこに咲いているのかと訊かれたものですから」

「片栗が咲いていた山ではないでしょうか。

と彼が申し出てきた。さっそく修行僧たちを中心とした捜索隊が組まれ、片栗の山をめざして出立することとなる。そこには当然、案内役として知念が加わっていた。白菊も、

「わたしも行きます。知念といっしょに片栗摘みに行って、場所はわかっておりますから」

そう志願して、捜索隊とともに片栗の山に向かった。

彼らが寺を出て間もなく陽は暮れ、山への道は暗闇に閉ざされた。月も星も見えない曇天のもと、かざした松明がなければ一歩も前に進めなかっただろう。捜索隊は早くも怖じ気づき始めていた。

「そういえば、最近、この山で妙な女を見かけたという話が……」

そんなことを誰かが言い出せば、

「なんだ、それは。物の怪なのか?」

「そりゃあ、物の怪に決まっているだろうが。なんでも、鈴の音とともに現れるとか」

と、ひそひそ声が続く。知念はそれを聞いて、白菊にこっそりささやいた。

「物の怪ですって。全然、知りませんでしたよ。わたしたちは出くわさなくて幸いでしたね」

「そうだけど、なおさら千手さまたちが心配になるよ」

「まあ、確かに……」

物の怪への恐怖心から隊の士気は下がる一方だったが、いまさら引き返せもしない。ろくな装備も持たないはずの千手たちの安否を気遣い、片栗の山への道をひたすら急ぐ。足もとの不如意さに幾度もつまずきながら、捜索隊は片栗を摘んだ斜面へとどうにか到着した。しかし、そこにも千手たちはいない。いくら大声で呼びかけても返事はない。

「もしかしたら、三人はすでに寺に戻っているのかもしれないな」

そうであってくれとの期待混じりの声が、捜索隊の間から複数、起こった。夜の山の不気味さに加え、物の怪の噂にすっかり怖じ気づき、寺に戻りたくてたまらなくなったというのが本音だろう。

「ああ、行き違ったのかもしれん」

「そうでなくとも、この暗さではわれらの身にも何事か起こりかねんぞ」

「物の怪の話もあるしな。ここはいったん引き返し、翌朝、仕切り直したほうが無難だろうとも」

そんな声を聞きながら、白菊は水干の袖の中でぐっと拳を握りしめた。

まだ、自分は千手と充分、親しくなれていない。

言葉は交わした。同じ寺内に居を与えられた稚児として、文机を並べて経典や和歌、絵画などをともに学びもしている。逆に言えばまだそれだけで、彼自身のことはほとんど何も知らない。千手丸という名前に運命を感じたものの、彼本人が何を考え、何を感じ、何を望んでいるかは、いまだ教えてもらえていないのだ。

そこはこれから、時間をかけてゆっくり知っていくものと思っていた。

万が一、千手がみつからなかったら、その希望が潰えてしまう。それだけは避けたかった。こんなところで絶対に終わって欲しくなかった。

白菊の想いとは裏腹に、周囲では寺に戻る派の意見が増えていく。知念はどうしたものかと迷うように、先輩修行僧たちと白菊の顔を見比べている。

そのとき、どこからか、りんと鈴の音が聞こえてきた。

風の音でも、獣の声でもない。鈴を振る音に間違いない。

修行僧たちはあわただしく周囲を見廻した。

「い、いまの音は……」

「もしや、山の物の怪……」

彼らの疑念に応えるように、ちりりりんとひときわ大きく鈴の音が響いた。修行僧たちは悲鳴をあげて、いっせいに走り出す。一度、弾みがつくともう止まらない。捜索隊のほぼ全員が転げるような勢いで山の斜面を駆けおりていく。

しかし、白菊だけは動かなかった。恐怖で動けなかったのではなく、逃げたくなかったのだ。

千手がまだみつかっていないのに寺に逃げ帰るわけにはいかない。たとえ、物の怪が出ようとも。

「し、白菊さま」

いったんは逃げかけた知念が、戻ってきて白菊の腕を取り、「早く逃げましょう!」と促す。しかし、白菊は首を横に振った。

「できないよ、知念。千手さまがまだみつかっていないのに」

白菊は知念の手を押し戻し、逃げた捜索隊とは逆に、斜面を登り始めた。

鈴の音はもうやんでいたが、山上のほうから聞こえていたのは確かだった。そのまま進めば、物の怪と鉢合わせしかねない。だとしても、登らないわけにはいかなかった。物の怪の出る夜の山に、千手を置いて逃げるなど、絶対に。

頑固な白菊に、知念は涙目になって追いすがった。

「駄目です。危険です。行ってはいけません」

「でも、千手さまが」

「白菊さまおひとりでは無理です」

知念はがたがたと震えながら声を張りあげた。

「わ、わたしもともに参ります！」

「そんな。危ないよ、知念。でも……」

白菊は知念の震える手をぎゅっと握りしめた。

「でも、ありがとう、知念」

童がひとり増えたところで、物の怪相手に太刀打ちできはしない。白菊も知念もわかっていたが、そうであっても同行者がいるのはやはり心強かった。

ふたりは肩で息をしながら道を登っていった。恐怖はまだ身の内に深く根を下ろしていて、疲労を倍増させていく。それでも、めげずに進み、やがて白菊たちは木々のまばらな屋根にたどり着いた。

見通しのいい道の先に、誰かが倒れている。多聞だ。彼の足もとには、杖に使えそうな木の枝が一本、落ちている。

白菊と知念は大急ぎで多聞に駆け寄った。

「大丈夫ですか、何があったのですか、千手さまはどちらに」

大声で呼びかけつつ揺さぶると、多聞は小さくうめきながら目をあけた。

「ご、御落胤？」

白菊と知念を見て驚き、多聞はふたりの顔を見比べていたが、急に崖のほうを振り向いて指差し、「千手さまが」と言った。すぐさま、白菊と知念は崖下を覗きこむ。

真っ暗な急勾配（きゅうこうばい）の先に大岩が突き出ており、その上に白っぽいものが見えた。ほの白い薄紫色の狩衣（かりぎぬ）を着た千手だった。不動が彼を片腕で抱き支え、大岩の上にかろうじてとどまっていたのだ。

「千手さま！」

白菊が呼びかけると、ふたりは崖の上を振り仰ぎ、驚きを露（あら）わにした。

「白菊、どうして……」

千手はつぶやきの途中で口ごもり、まずいところを見られたとでも言いたげな顔をして視線をそらした。不動は空いているほうの手を振っている。

「運良く、この岩に引っかかった。多聞は無事か」

彼らの声を聞き、多聞は崖のきわまで這（は）っていって崖下を覗きこんだ。

「千手さま！　不動！　無事なのか！」

普段の冷静さをかなぐり捨てる多聞に、不動は目を瞠り、少し笑った。

「こちらが訊きたいぞ。あの女はどうした」

「いなくなった……。わたしはあれに殴られて、いままで気を失っていたようだ……」

「女？」

なんのことだろうと首を傾げる白菊に、多聞が事の次第を説明した。

片栗の花を求めて上へ上へと登っていたところに、鈴の音を響かせ、立烏帽子をつけた妙な女が立ちふさがってきたこと。女のせいで千手と不動が崖に落ちてしまい、多聞は殴られて気を失ったこと。相手は上臈女房のような華美な出で立ちであったのに、身のこなしは獣のごとくに素早く、とても常人とは思えなかったことを。

確かに、多聞の顔には殴られたような赤い痕ができていた。怪しい鈴の音は白菊と知念も聞いている。鈴の音を響かせ、昼夜を問わずに山中をひとりで闊歩する女など、女神か化生としか考えられない。女神ならまだしも、十二歳の童を問答無用で殴りつけたなら、それはもはやよからぬモノ、物の怪とみなされても致しかたあるまい。

崖下から不動が言う。

「もういないんだな？　よかった。ここからだと上の様子がわからないし、這いあがるのも難しくて、じっと夜明けを待たねばならんのかと案じていたところだったぞ。縄か何かないか？ ここから引きあげてもらいたいのだが――御落胤さまの他には？」

「わたしがおりますけども」と、知念がひょこんと顔を出して不動に手を振った。

　不動は不服そうに、「おまえだけ？」

「ええ。千手さまたちが寺に戻らないので、先達のかたがた七、八人ほどと捜しに出たのですが、みなさん、突然、聞こえてきた怪しい鈴の音に怖じ気づき、わたしと白菊さま以外は蜘蛛の子を散らすように逃げていきましたよ。いやはや嘆かわしい」

　知念自身も逃げ出しかけたことは、おくびにも出さない。不動は逃げた先達に怒る以前に、鈴の音と聞いてさっと顔色を変えた。千手と多聞もそれは同様だった。

「その鈴、きっとあの女だ。やはり、物の怪だったか……」

　そう言って多聞は殴られた痕に触れ、くやしそうに顔を歪ませた。

　物の怪が徘徊するような場所に長居は無用である。早く千手たちを引きあげて退散せねばなるまいが、縄などの道具もない。いったん寺に引き返すしかあるまい。それとも……。

「そうだ」

　思いつくや、白菊は身にまとっている水干を脱ぎ始めた。何をするのかと驚く知念と多聞に、

「これを裂いて縄を作ろう。急ごしらえで頼りないかもだけれど、ひとりずつなら引きあ

げられるかもしれない」

「確かに、大柄な不動なら難しいだろうが、千手さまおひとりなら……」

多聞が独り言ちたのを聞いて、不動が言う。

「よし、千手さまを先に頼む。おれならひと晩くらい、ここにいたところで全然平気だ。朝になったら忘れずに迎えに来てくれ」

腕力ばかりでなく、胆力もあることをうかがわせてくれる。それに触発されたのか、知念があわてて自らの衣を脱ぎ始めた。

「ならば水干ではなく、わたしの衣のほうを裂いてください」

だが、そのとき、りんと――鈴の音が聞こえた。

音自体はまだ遠い。それでも、童たちはいっせいにすくみあがった。知念は片袖を脱いだ状態で固まり、多聞も顔面蒼白になって「あ、あの女だ」とわななく。崖下のふたりは声も出せなかった。

「ど、どうしましょう、白菊さま。縄など作っている暇はありませんよ」

知念に言われるまでもない。白菊とて、いますぐこの場から走って逃げたかった。

しかし、崖下に千手と不動を置いて逃げるわけにはいかない。なのに、彼らを引きあげる猶予はない。

どうにかしないと、どうしたらいいのかと、絶望的な焦燥感に駆られる白菊の耳に——否、心に直接、何者かが語りかけてきた。

（白菊丸よ——）

聞き間違いかと疑う間もなく、続けて呼び声が彼のもとに届く。

（われを呼ぶか？　白菊よ）

甘やかな女人の声は、たまずさのものだった。

「たまずさどの？」

思わず、その名を口にする。知念や多聞には彼女の声は聞こえていないのか、ふたりとも白菊に怪訝そうな目を向ける。恐怖のあまり、どうにかなったと疑われたのかもしれなかったが、白菊には頓着している余裕もなかった。

（われを呼べ。われが必要であろう？）

確かに、自分たちだけではもう何もできない。鈴を鳴らす怪しげな女がすぐそこまで迫っている。ヒトなのか、あやかしなのかも不明な存在だ。何をされるか、わかったものではない。けれども、たまずさが来てくれるなら、あれに対抗できるやもしれないのだ。

たまずさは重ねて白菊を誘った。

（われを呼べ。さすれば、われはこの辛気くさい寺から解き放たれて、そなたのもとへと

飛んでいこうぞ）

いましも妖獣に呼びかけようとしていた白菊は、唐突にぐっと喉に詰まりを感じた。

それはできない――

たまずさは勿径寺に封印された物の怪だ。そこから彼女を解き放つなど、定心和尚への裏切りに他ならない。第一、自分にそんな、縛りを解く力などない。あるはずがない。

頭で漠然と考えたことが、たまずさにはそのまま伝わったらしく、言葉にするより先に彼女が応えた。

（われも、酒呑童子も、大嶽丸も、王権に刃向かい敗れし魂。勝者に従うは敗者のさだめ。定心和尚は御仏の御法を説く者。強い法力を得ており、また血統としても王権側の人間である。あれの施す縛りがある限り、われらが寺内を出るのは難しい。だが、しかし、白菊よ）

もったいぶった一拍をおいてから、たまずさは続けた。

（皇家の血は定心よりもおまえのほうが濃い。おまえが呼べば、定心の縛りも効力を失う）

白菊は愕然とした。

（……そんな理由で？）

くすくすと、たまずさの笑いの波動が伝わってくる。少年の戸惑いを、悪食な彼女は明らかに楽しんでいた。

（理由など、あとからいくらでもついてくる。多少、強引だろうと、理屈が通ればそれでよいのよ。要は、山に迷いし寺稚児を救いたいのか、救いたくないのか）

簡潔に問われれば、簡潔に応えるしかない。

（……救いたい……）

（では呼ぶがよい）

促されるままに、白菊は心で念じた。来(こ)よ、たまずさ、と。

里から勿径寺へと戻る道を、千鳥足の定心和尚がご機嫌で歩んでいた。彼の供をするのは大童子の我竜ひとり。こちらはむっつりと不機嫌そうな顔をしている。

陽が落ちて人目がないのをいいことに、定心はいつもは頭にかぶっている帽子(もうす)を下ろし、首まわりにまとわせていた。さらされた頭には灰鼠(はいねず)色の短い頭髪が生えている。これで毎朝、剃刀(かみそり)で頭を剃(そ)っているというのだから不思議なものだ。

「いやぁ、きついお務めあとの酒は格別だねぇ」

「きつくなったのは、ためこんだ和尚さまの責任です」

我竜の厳しい指摘を聞き流して、定心はふふふと笑いながら頭を掻いた。ほろ酔い気分のときも、そうでないときでも、何を言われようと定心にはこたえない。

その天衣無縫の和尚が急に真顔になって足を止め、雲に覆われ見応えのない夜空を仰ぐ。

我竜は怪訝そうに定心の視線の先を見やり、あっと声をあげた。

勿径寺の建つ方角から、何か白いものが天を翔けてくる。大鷹のごとき速さだが、鳥ではない。翼もない。狐のようでもあり、猫のようでもあるが、馬ほど大きい。

これはこの世のモノならず。寺に封印されているはずの妖獣、たまずさだった。

たまずさは定心たちの頭上にさしかかると、いったん、動きを止めて地上を見下ろした。

その白く長い顔に最初、目はなかったのに、すっと切れこみがふたつ入り、糖蜜色の瞳が覗く。妖しくも美しい瞳で定心たちを見据え、たまずさは宙に浮いたままで言った。

「おや、こんなところで鉢合わせとはな」

我竜がさっと身構える。定心は警戒するでもなく興味津々で尋ねた。

「これはこれは。どうやって寺から出られましたか？」

たまずさはふふんと鼻で笑った。

「他愛もない。われはわれを呼ぶ声に応じたまでよ」

「呼ぶ声？」

「行かねば。白菊丸が呼んでおるのだ」

「白菊が……」

「生臭坊主がどこぞで飲んだくれておる間に、寺稚児が三人、行方知れずになったらしい。修行僧どもが徒党を組んで捜索に出ていくのを、われは堂宇の陰から眺めておった。その中にどうしたわけか白菊も交ざっており、さてさて、いかがなものかと思うて、こう、感覚を網のごとくに広げていたところ——」

たまずさは耳を小刻みに動かしつつ、虚空で大きく背中をのばした。その身を包む白い獣毛がゆらゆらと湯気のごとく立ちのぼる。その毛先のひとつひとつから、彼女の言う〈感覚〉が〈網のごとくに〉広がっていったのだろう。その結果、

「魔性の気配を感じた」

「魔性」

「ああ。白菊の身にそれが迫っておる」

定心の面に一瞬、緊張が走った。我竜は「和尚さま!」と声をあげ、もっとわかりやすく動揺を表す。たまずさは長く細い尾を、貴婦人のかざす扇のごとく、ゆったりと左右に振った。

「だから、白菊に伝えたのよ。われを呼べと。そして、白菊は呼んだ。呼ばれたからには

行かねばならぬ」

「なるほど。そういうことなら納得ですね」

あっさりと承諾する定心に、我竜は目を剝き怒鳴った。

「納得しないでください、和尚さま」

我竜の険しい声を無視し、定心は笑顔でたまずさを見上げた。

「うちの寺稚児たちをよろしくお願いしますよ。行方知れずになったという三人も含めて、無事に寺に連れ戻してくれると助かります」

我竜は絶句し、たまずさは糖蜜色の目を細めてくすくすと笑った。

「欲ばり坊主め」

約束まではせず、たまずさは定心の頭上を越えて、再び高速の飛翔を始める。その純白の姿はたちまち曇天の彼方に消えていった。

定心は腕組みをして静かに見送っていたが、我竜は憤懣やるかたなく地団駄を踏んだ。

「よろしいのですか、あれを追わずして。ときの帝をたぶらかした稀代の妖婦ですよ。おとなしく寺に戻るわけがないではありませんか」

「大丈夫だよ。きっと、みんなを連れて戻ってくるよ」

「獣の言うことなど信用なりません！」

「大丈夫、大丈夫。心配ないって。——逃げたら狩るまでだから」

大したことでもないように言ってのけた定心に、我竜は別の意味で絶句してしまった。

来よ、たまずさ。

と、白菊は心で念じた。そして待った。が、白い妖獣は現れない。

弄ばれたのだろうか——と、白菊はひどく傷ついた心地になって震えた。

鈴の音は先ほどよりも近い。どうにかしなくてはと思うも、恐怖と絶望で身体に力が入らず、なんの行動にも移せない。知念と多聞も同様で、涙目になり硬直している。

鈴の音がひときわ高く鳴り響き、とうとう彼らの前に立烏帽子の女が現れた。多聞の証言通りに華美な出で立ちで、容貌も華やかだ。そんな女が夜の山に現れる違和感が、白菊たちの恐怖をいっそうあおる。

女は白菊たちを視認すると、おぞましい笑みを赤い唇に刷いて駆け寄ってきた。女の腰に付けられた鈴が、りんりんりんと激しく鳴り響く。それだけで、角も牙もないただの女が無性におそろしい。

白菊も落ちていた枝を拾いあげ、剣のように構えてみせた。が、全身がぶるぶると震えて、形にすらならない。女があざ笑いつつ腕をひと振りしただけで、剣代わりの枝はあっけなく弾き飛ばされてしまう。山賊相手に木剣をあざやかにくり出していた我竜とは、比べものにもならない。

もはやこれまでかと白菊たちが観念しかけたとき、視界にふわりと白い影が現れた。

虚空を飛んで介入してきたのは真白き妖獣、たまずさだ。

「たまずさ！」

白菊は歓喜し、知念と多聞は驚愕した。立烏帽子の女はぐわっと歯を剝き、虚空に浮くたまずさを怒気も露わに睨みつけた。

「おまえ！　おまえは！」

鈴の可憐な音色とは似ても似つかぬ、ひび割れた声で女が吼える。たまずさは、ころころと喉を鳴らして甘やかな声で言う。

「久しいな、鈴鹿御前」

「売女」

鈴鹿御前と呼ばれた女は、ぐぐぐと唇を嚙みしめた。

「そなたに言われたくはないのう」

侮蔑の言葉も、たまずさは長い鼻先であしらう。どうやら、ふたり（二体というべきか）は顔見知りのようだ。それだけでなく、鈴鹿御前という名に白菊は驚いていた。

勿径寺に封印されているという物の怪の一体、大嶽丸。

それは伊勢国の鈴鹿山を根城にし、山を行き交うひとびとを襲う凶悪な鬼であった。

その昔、坂上田村麻呂こと田村丸は朝廷の命を受け、この大嶽丸を討伐しに鈴鹿山に向かった。田村丸は大嶽丸相手に苦戦を強いられたものの、鈴鹿御前なる美女の助けを得て、みごと大嶽丸に勝利。田村丸は鈴鹿御前と結ばれてめでたしめでたし——と昔語りでは伝えられている。

しかし、たまずさが口にしたのは、それとはいささか異なる内容だった。

「なぜ、かような地をさまよっておる。大嶽丸の首を納めし勿径寺に近寄りたくも近寄れぬがゆえか？　昔の男に未練たらたらというわけか。あれを裏切ったのはそなたのほうであったにのう」

図星だったのだろう、鈴鹿御前は怒りで顔を真っ赤に染める。たまずさは他人の不幸は蜜の味とばかりに、愉快そうに笑った。

「都の男に騙され、さんざん利用された挙げ句に捨てられて、昔の男に泣いてすがりつきたくなったか。やれやれ、実に愚かな女よ」

田村丸の大嶽丸退治話には、いくつかの異なる筋書きが存在する。

田村丸を補佐したのは、山の女神、鈴鹿姫であったという話。

鈴鹿御前は大嶽丸に求愛されて困っていた美女で、彼を嫌うがゆえに田村丸に協力したのだという話。

また、鈴鹿山には立烏帽子と呼ばれる女盗賊が出没し、これが鈴鹿御前と同一視されたともされている。大嶽丸も往来の荷を狙う盗賊が鬼とみなされたとも考えられており、であれば、鈴鹿御前すなわち女盗賊・立烏帽子と大嶽丸が、もとは仲間であった可能性もなくはない。

たまずさの口ぶりだと、いま目の前にいる鈴鹿御前は大嶽丸の女であったのに、敵の田村丸と情を通じて大嶽丸を裏切ったということになる。しかも、その後、彼女は田村丸に見限られてしまったようだ。それが事実なら、他人に指摘など絶対にされたくはなかっただろう。

鈴鹿御前はぎりぎりと歯噛みしたかと思うと、憤怒(ふんぬ)の形相(ぎょうそう)でたまずさに飛びかかった。が、いくら身のこなしが獣並みとはいえ、本物の妖獣にはかなわない。たまずさは鈴鹿御前の攻撃をやすやすとかわし、ついでとばかりに尾でぴしゃりと相手の顔をはたく。

幾度試みようとも、たまずさを捕まえることはできない。鈴鹿御前の動きが次第に鈍(にぶ)くなるのに対し、たまずさのほうはまだまだ余裕だ。

これでは分が悪いと悟ったのだろう。鈴鹿御前はうぐぐとくやしげにうなると、身を翻して狙いを変え、白菊に襲いかかってきた。が、たまずさが稲妻のごとく両者の間に割って入り、鈴鹿御前を後ろ脚で蹴り飛ばす。

飛ばされた鈴鹿御前はいったんは倒れ伏し、すぐに身を起こした。再び向かってくるかと思いきや、ひと声吼えてから急にその場から駆け去る。まったく手が出せないと認めざるを得なかったらしい。

たまずさもあえて追わずに白菊を振り返って問う。

「大事ないか?」

白菊は応えるより先にたまずさの首に抱きついた。たまずさ、たまずさと名を連呼し、ありがとうとも告げる。されるがままに身を任せるたまずさも、至極満足そうだった。

知念と多聞は突然、現れた妖獣に愕然としていた。

「まさか、九尾の狐⁉」

多聞の言葉を耳にし、ハッとわれに返った白菊はたまずさへの抱擁を解き、困惑顔で彼を振り返った。

「さあ、尾は一本きりですが……」

たまずさはすました顔で嘯く。

「伝承がすべて正しいとは限らない。それに九本も尾があってはうっとうしくて適わない」

目を丸くする多聞に、白菊が「……だそうです」と言い添える。とって付けた感は否めないが仕方ない。白菊自身にも、たまずさが本当に九尾の狐なのかどうか、よくはわかっていなかったのだ。

なんとも奇妙な空気が流れる中、崖下から不動の声が聞こえてきた。

「大丈夫か、何があったんだ」

崖の上での出来事が不動たちからは見えず、相当不安になっていたらしい。白菊は急いで崖下を覗きこみ、不動たちに呼びかけた。

「立烏帽子の女が現れたんです。でも、ご安心ください。女はもういませんから」

「そうとも」

たまずさが、すっと進み出て、その白い顔を崖下に向けた。

「われがあの女を退散せしめ、そなたたちを救ってやったのだ」

静かに、得意げに、たまずさが言う。まぎれもない事実なので、白菊も口が挟めない。

当たり前だが、千手と不動は崖の上から顔を出した妖獣に仰天していた。

「宝蔵の物の怪、九尾の狐か⁉」

千手が多聞と同じようなことを言う。説明が面倒になったのか、たまずさは黙っている。代わりに白菊が「さ、さあ?」と曖昧に応える。

「どちらにせよ、たまずさどのが助けてくれたのは事実です。たまずさ、あの、悪いけれど、おふたりを崖から引きあげてもらえないかな?」

駄目でもともとと頼んでみると、たまずさは一切ためらわず、ひらりと崖下に飛び降りた。固まっている千手の衿首を咥えて彼をぶら下げ、崖の上へと戻ってくる。そして再び崖下に降り、不動も同じようにして運びあげてきた。

助かったはいいが、千手と不動は状況が飲みこめずに呆然としている。そんな彼らに、多聞が感極まって駆け寄る。

「よくぞ、ご無事で」

われに返った千手たちと多聞を含めた三人は、互いの無事を確認して喜び合った。その様子を白菊も微笑ましくみつめる。

知念は千手たちではなく、たまずさを恐怖心半分、好奇心半分のまなざしで見ていた。

「あれって宝蔵に封印されていた物の怪ですよね……。それを呼び寄せるなんて、さすがは白菊さま……。これも今上帝の御落胤ゆえなんでしょうねえ」

知念のつぶやきを聞き、たまずさは軽く首を傾げた。

「御落胤？」

はい、と知念はうなずいた。まるで自分のことであるかのように誇らしげに。

「そういう噂なんですよ。いえ、噂じゃなくて本当のことだと思いますけれど」

たまずさが白菊に視線を転じたので、白菊も仕方なく「……だそうです」と応えた。

彼自身もつい最近、知ったばかりで歯切れが悪くなる。知念には帝の御落胤だとまでは明かしていなかった気がしたが、修行僧たちが噂していたともいうし、そこから足りない情報を補っていたのだろうなと白菊は推測した。

「なるほど、そうであったか」と、たまずさは納得顔でうなずいている。

たまずさのおかげで鈴鹿御前は去り、脅威（きょうい）は消えた。だからといって、こんな夜の山中に長居はしたくない。千手たちにも疲労の色は濃く表れている。早く寺に帰して休ませてあげなくてはならない。

そう感じた白菊が「たまずさ、いっしょに帰ろう」と声をかけると、たまずさは何やらもったいぶった言葉を返してきた。

「さて、どうしたものかな……」

「たまずさ？」

まさか、寺内から出られたのをいいことに、このまま逃亡するつもりなのか。

ひょっとして自分はとんでもない災厄を野に放ったのかもしれないと、白菊は遅ればせながら危機感に駆られた。それだけはなんとしても防がないとと、なんの策もないまま、口を開く。

「たまずさ、あの……。千手さまがひどく弱っておられるんだ」

唐突に名前を持ち出されて、えっと千手が声をあげた。

多少は衰弱しているとはいえ、目立った怪我をしているわけではない。それでも、白菊は構わずに言いつのる。

「一刻も早く勿径寺にお届けしたい。なんとかしてくれないか、たまずさ」

「ふむ。そうよな。せっかく助けてやったのに、ここで死なれでもしたら寝醒めが悪いか」

「死、って……」

おのが生死に言及され、困惑する千手を置き去りに話は進む。

「よし。われの背に乗せよ。千手とやらを、ひと足先に寺に届けてやる。そして白菊、そなたもともに乗るがいい。千手が途中で転がり落ちぬように、しっかりと支えるのだ」

「転がり落ち、って！」

千手は今日すでに一度、崖から滑落している。今度はもっと高くの、何もない虚空から転げ落ちないとも限らないのだ。

想像しただけでも身の毛がよだつ思いであったろう、彼の顔からさあっと血の気が引いていく。白菊は内心、申し訳ないと思いつつ、千手の腕をとった。

「さあ、千手さま」

「待て、待て待て待て待て！」

抵抗する千手を強引にたまずさの背に押しあげる。続けて、白菊もたまずさの背にまたがった。妖獣の獣毛はしっとりとなめらかで、絹のように柔らかかった。

「ごめんよ、知念。先に戻るけど」

「大丈夫です、わたしたちは歩いて帰れますから。白菊さまこそ、お気をつけて。千手さまも、うっかり落ちたりなさいませんように」

「うっかり、って！」

自分も乗りたかったとうらやんでいるのか、強制されなくてよかったと安堵しているのか。どちらにしろ、知念は笑顔だった。多聞と不動は引き気味で、ふたりとも明らかに千手に同情している。

行くぞとひと声発し、たまずさは虚空に浮かびあがった。ぐんぐんと高度を上げ、速度も増していく。それにつれ、向かい風も強くなる。下を見れば、すでにもう目もくらむような高さだ。

生まれて初めての飛翔経験に白菊は言葉もない。逆に千手のほうはたまらずに、身も世もない悲鳴をあげている。だからといって、たまずさは遠慮などしない。むしろ、ここぞとばかりにさらに高度を上げていく。天が雲でふさがれていなかったら、月世界まで飛んでいけたかもしれない勢いだ。

むしろ、行けるものならこのまま、どこまででも飛んでいきたいと白菊は願ったが——そうもいかない。

「白菊さま、千手さま、どうぞお気をつけて」

呼びかける声に振り返ると、天翔ける妖獣とふたりの童を、知念がにこやかに手を振りながら見送っていた。多聞と不動も、ひきつり気味の表情で小さく手を振っている。

たまずさの背にしがみつく白菊は、彼らに手を振り返すことができなかったけれども、代わりに満面の笑みを返した。千手に至っては、そんな余裕などこれっぽっちもありはしなかった。

同じ頃——

山里の寺より遠く離れた都にて、その中心たる御所は夜とも思えぬ明るさに照り輝いていた。

　御所は政治の場であると同時に、この国を治める帝とその妃が住まいするところ。最も尊きかたがたのため、闇を払拭せんとばかりに、数々の篝火、軒先に下げられた釣燈籠、小部屋の高燈台にも火がともされている。

　なかでも、ふたりの皇子を儲けた妃、氷野の女御の殿舎には美しい女房たちが大勢集められて、後宮の中でも最も華やかな場所となっていた。

　なのに、当の女御の機嫌はどうも芳しくない。憂さ晴らしに飲み始めた酒盃の数はどんどんと増えていき、かえって気難しさの度合いも増していく。女房のちょっとした受け応えにすぐつむじを曲げては、盃を投げて当たり散らす始末だ。

「女御さま、それ以上はもう……」

　見かねた年配の女房がおそるおそる止めても、聞く耳などまったく持たない。

「うるさいこと。それよりも例の知らせはまだか」

「はあ、それがなかなか……」

　はっ、と女御はいまいましげに酒くさい息を吐いた。

「誰も彼も使えない……。寺に追いやったぐらいでは気が休まらぬというに、どうしてそれがわからぬのか。わたくしが産みまいらせた一の宮さまよりも年長の皇子など、到底、受け容れられるはずもないのに。これまでは中納言に守られて手出しもかなわなかった。都の外に出た、いまこそが憂いを断つ好機なのに、いったい、いつまで待たせ……」

ろれつが怪しくなり、女御はふわぁと大きくあくびをした。その手から盃が落ちそうになるのを女房は素早く受け止め、

「女御さまがお休みになります。褥の支度を、さあ、急いで急いで」

と、まわりの者たちに指示を飛ばした。彼女たちも慣れたもので、女房装束の裳裾を器用にさばき、膳を片づけ、ばたばたと褥を調える。女御が酔って洩らした剣呑なつぶやきなど、誰も気にもとめない。

聞かぬふりをするのが肝要。それが華やかで残酷な御所で生き残る手段なのであった。

四 ◇ 黄色い獣

狐とも猫ともつかぬ不思議な獣の背に乗って、夜の曇天を翔けていく。

ひとによっては夜間飛行を稀少な体験として楽しめるのかもしれないが、千手にとっては恐怖以外の何物でもなかった。

いつ転落するやも知れず、まったくもって気が抜けない。この妖獣たまずさは勿径寺に封印されたおそろしい物の怪なのだ。気まぐれで助けたのと同様に、また気まぐれを起こし、背に乗った童を高笑いしながら振り落とさないとも限らない。

しかも、同乗していたはずの白菊がいつの間にか、いなくなっていた。千手が気づかぬうちに地上に落ちたのかもしれない。真下を見れば血まみれの白菊の死体を目撃してしまいそうで、見るに見られない。絶望が極まって涙が出てくる。

突然、たまずさがその身を大きくくねらせた。千手の身体は虚空に投げ出され、大地に向けて真っ逆さまに落ちていく。もはやこれまでかと絶叫した直後、自らの悲鳴がきっかけで千手はハッと目を醒ました。

地面に激突して頭が砕かれているかと思いきや、そうではなく、千手は真っ暗な私室の褥の中にいた。全身汗ぐっしょりだが、どこにも怪我などありはしない。

「夢か……」

ホッと安堵の息をつく。が、昨夜、千手は実際に物の怪の背に乗せられ、夜間飛行を強行されたのは現実だ。おかげで寺に早く戻れたとはいえ、墜落死の恐怖は彼の中に深く根を下ろし、こうして悪夢の種ともなっていた。

　夢だとわかってからも魔物に翻弄された歯がゆさは消えない。そもそも、こうなった原因は白菊丸にあるのだと考えただけで、くやしさはいや増していく。絵画の才があることだけでも気にくわなかったのに、あんな目に遭わせてくれて、本当にどうしてくれようかと腸が煮えて煮えて仕方がない。

「白菊め……！」

　千手はいまいましげにつぶやき、夜具を頭から引きかぶって無理にも寝直そうと努めた。しかし、なかなか難しく、彼は幾度も幾度も寝返りをくり返す。どうにかこうにか眠れはしたものの、結局翌朝、両まぶたがぷっくりと腫れてしまっていた。

「どうしました、もしや眠れなかったのですか？」

　顔を合わせるや、多聞に心配そうに尋ねられたが、千手は「別に」とそっぽを向いた。あの恐怖は実際に体験した者にしかわかるまいと思って。その理屈でいくと、白菊となら共感できるはずだが、確かめてみるつもりなど千手には毛頭なかった。

　その日は、講堂で絵画の講義が行われた。

　仙人じみた風貌の老講師が寺稚児たちに画題として出したのは『虎』だった。

「ではまず、手本なしで、心のままに描いて欲しい。まあ、難しいとは思うがのう。わが国に虎はおらぬわけだし。しかし、物語にはよく出てくる。屏風絵などに描かれた姿を見る機会もあったろうし、虎が何かを知らぬ者はおるまいて」

えーっ、と自信なさげな声が寺稚児たちの間から起こる。千手は不満ひとつ洩らさず、筆を手に取り、さらさらと虎の絵を描きあげた。

「おや、もうできましたか」

老講師は文机の列の間をすり抜けて千手のもとに向かい、彼の描いた絵を覗きこんで、ふむふむとうなずいた。その目尻には嬉しそうな笑いじわが寄っている。

「優雅な花鳥のみならず、猛々しい虎までこうも巧みに描ききるとは、さすがとしか言いようがないのう」

「いたみいります」

千手は老講師の賞賛を慎んで受け取った。もともと龍や虎といった勢いのある絵を得意としており、自信は十二分にあったのだ。

老講師はうんうんとうなずきながら、別の稚児たちの絵を覗きこんでいった。褒めたり、拙いところを手短に指摘したり、ひとりひとりに声をかけつつ白菊の席に近づいていく。

さて、講師は白菊の絵にどのような評価を下すのかと、千手は内心ハラハラ、表向きはなんでもないような顔で成り行きを見守っていた。果たして、老講師は白菊の手もとを覗きこむと、困惑気味につぶやいた。

「おや、これは……」

そのあとがなかなか続かない。

気になったのだろう、前の席の寺稚児が振り返って、白菊の絵を確認する。直後、彼はぷっと噴き出した。

それがきっかけとなり、他の寺稚児たちも次々と首をのばして白菊の絵を覗きこむ。そして、みな驚き、笑い出す。講堂はたちまち童の笑い声で満たされた。

席が離れていた千手も我慢できなくなり、ぴょんと跳ねあがって白菊の絵を視認するや、何事もなかったかのように素早く席に着いた。その短い間に彼が目撃したものは、なんとも奇妙な図――へなへなとした線で描かれた、虎とも犬ともつかぬ謎の獣図であった。

「先日、描いた梅に鶯の絵とは、まるで別人の筆であるなぁ」

千手が感じたそっくりそのままを老講師が口にする。白菊は顔だけでなく耳まで真っ赤にしてうなだれ、もそもそとつぶやいた。

「虎は、描いたことがなくて……」

「絵も見たことがないのかな?」

老講師の問いに、白菊は曖昧に頭を揺らした。

「物語絵巻か何かでなら見たことはある……かもしれません。あまりよく、おぼえていませんが……」

「大きな猫だと思えばよいのじゃよ。猫を見たことくらいはあるであろう？」

「そうですね、庭に迷いこんだ猫を遠くから眺めたことなら一度だけ……。でも、すぐに逃げてしまいましたので……」

そもそも、白菊は邸の奥で何かから隠すように大事大事に育てられており、犬や猫といった生き物と接する機会もほとんどなかったのだ。

多聞が千手を振り向き、笑いを含んだ声でささやいた。

「虎も描けぬとは、御落胤さまもたいしたことはなかったのですね」

「そのようなことを言うものではない」

すました顔で多聞をたしなめたものの、千手の心もまた底意地の悪い喜びで満たされていたのだった。

邸奥の狭い坪庭にも飛んでくる小鳥ならともかく、それ以上に大きな生き物、ましてや猛々しい虎などはまったく描けない。

当人にも自覚のなかった弱点を暴かれて、白菊は傷ついた心を抱えて講堂をあとにした。

空は気持ちよく晴れているのに、白菊の心は重く、まっすぐ自分の部屋に帰る気にもなれない。彼の足は自然と宝蔵へと向かっていた。

昼間では、宝蔵に行ったところで無駄足かもしれない。でも、もしかしたら——とわずかに望みを繫ぐ。また変なモノを見たりしたらどうしようと思わなくもなかったが、たまずさに逢いたい気持ちのほうが警戒心を上まわっていた。

形ばかりの錠前がぶら下がっている扉をなんの苦もなくあけて、白菊は宝蔵の中へと歩を進めた。ほこりのにおいがする暗い堂の奥に白い影をみつけた瞬間、白菊は怖がるどころか大喜びしていた。

たまずさ、と物の怪の名を呼びながら白き妖獣に駆け寄る。たまずさは大きな長持ちの上に寝そべって、長い尾をゆらゆらと左右に揺らしていた。

「おや。どうかしたかえ？」

「昨日の礼を言いそびれていたから……」

「礼とな。それなら、あの場できちんと聞かせてもろうておるぞ」

「そうだったっけ」

思い返せば、窮地に駆けつけてきてくれたたまずさの首に抱きつき、名を連呼すると同時に、ありがとうとも言っていたような――

「では改めて、ありがとう。おかげで千手さまと無事に勿径寺に戻ってこれたよ」

そして、逃げずに寺にとどまってくれてありがとう。言葉にはせず、心でそう付け加えて、白菊はぺこりと頭を下げた。

「律儀な童よのう」

「ねえ、たまずさ……。あ、いや、たまずさどの」

いつの間にか親しげな口調になっていたことに気づき、白菊はあわてて自らの口を片手で覆った。しかし、たまずさは、

「敬称はいらぬと前にも言うたぞ。それに、あの夜、そなたは『来よ、たまずさ』と呼んだではないか」

「あれは咄嗟で、でも」

でも、気にしなくてもいいのかな――と白菊は思った。途端に肩からすうっと力が抜けていき、心も軽くなる。何やら妙に嬉しくて、白菊はくすくすと笑い出した。

ひとしきり笑ってから、白菊はふうっと息をつき、つぶやいた。

「あの、たまずさ。ひとつ訊きたいのだけれど……」

「何をかな？」

「鈴鹿御前とは、どういう……」

「どういうも何も、ただ見知っていただけよ。それ以上でも以下でもないわ」

さらりと応えられ、白菊はもう何も訊けなくなってしまった。

いちおう、鈴鹿御前とたまずさのことは、帰還してすぐに定心和尚に報告した。話を聞いて和尚の傍らで我竜は目を剝いていたが、酔いの抜けない定心はけらけらと笑い、「それはまた大変だったね」と言ってから、

「もう夜中に自分たちだけで遠くに行ってはいけないよ。よくわかったと思うけれど、都ほどではないにしろ、寺の外にも危険は数多くひそんでいるのだからね」

そんな警告ののちに白菊を解放してくれた。案じていたほど、きつく叱られるようなこともなかった。

たまずさは逃げずに寺に戻ったわけだし、千手たちもほぼ無傷で帰ってこれた。鈴鹿御前が寺まで迫ってきたわけでもなし、深追いをする必要はないとの判断だったようだ。

とはいえ、安心もできない。

そもそも、たまずさは本当に九尾の狐なのか。

だとしたら、彼女を勿径寺の外に出したのはまずくなかったか。いまはこうして宝蔵の

中でおとなしくしているものの、封印を解かれたこの物の怪は、もはや好き勝手に暴れまわることが可能になったのではあるまいか――

それもこれも、自分の短慮のせいで。

そう思うと確かめるのが余計に怖い。でも、訊かずにもいられない。

「……たまずさは狐なのかな。耳やしっぽは猫みたいだけれども」

ひどく遠廻しな問いかけに、たまずさは耳をわざとらしく動かしながら応えた。

「さて。われが何者なのやら、われも忘れかけておるからのう」

「忘れるくらい長生きなんだ。あ、ごめんなさい」

女人(にょにん)に歳を訊くものではないと言われたような気がして、白菊は急いで謝った。たまずさは怒るでもなく、ふふふといたずらっぽく笑う。

ゆったりと横たわる彼女からは、いますぐここから逃走しようという気配はまったく感じられなかった。もしかしたら、長らく宝蔵に居着いていた間に、ここは棲(す)みやすいと思うようになったのかもしれない。そうであってくれたらいいなと、白菊は願った。

そうであったら――こうしていつでも、たまずさに逢えるからだ。

「たまずさ、あの……」

どう訊いたらいいものか、迷った挙げ句に白菊は直截(ちょくせつ)に尋ねた。

「逃げないの？」

「逃げる？　どこへ？」

「どこかはわからないけれど……」

「では、逃げる必要もなかろうて。いろいろと億劫になってしもうてな。しばしはここで、ゆるりと休むのも悪くないと思うておるぞ」

「そうなんだ……」

妖物の言うことを真に受けてはいけない。そんな真っ当な意見を言う者はこの場にはおらず、白菊はホッと胸をなでおろした。

彼のその素直さに、たまずさも微笑ましげに目を細める。

そのとき、たまずさのすぐ後ろを、少しいびつで丸っこい何かが、ふわふわと漂っていくのが目に入った。白菊の握り拳よりも小さいそれには、丸い目がふたつあり、動きは水中を漂う魚のようでもあった。白菊に魚類の知識があったならハコフグの稚魚を連想しただろう。ただし、ハコフグと違って、それには黄色地に黒い細縞が何本も走っていた。

「たまずさ、後ろに妙な生き物が……」

「ああ。物の怪の類いであろう、気にせずともよい。ここではざらだ」

以前にも、この蔵の中でカラスヘビのような妖しい生き物を目撃している。酒呑童子の首、大嶽丸の首といった大物だけではなく、こんな有象無象も宝蔵にはひそんでいるらしい。あるいは大物の妖気に惹きつけられ、勝手に集まってくるのかもしれない。

小さな物の怪の縞模様は、白菊に虎の絵の件を連想させた。ついつい愚痴りたい気分になって、「実は今日、こんなことがあって……」と寺稚児たちに笑われたことを打ち明ける。たまずさの反応は実にあっさりとしたものであった。

「何を悩む。虎の絵が描けずともよいではないか。絵師になろうというのでもなし。白菊はいずれ僧侶となるのであろう?」

「うん」

「出家も悪くあるまい。俗世を離れてこそ得られるものもあろう。定心を見てみよ。天真爛漫、天衣無縫、実に気楽そうではないか。あれの適当ぶりを少し見習ってはどうかな」

「適当……」

山賊たちを腕力で叩き伏せ、死霊を法力で鎮め、剃りあげた頭に髪をすぐ生やす。あれを適当と評していいものか。そもそも、定心の生きかたが参考になるとはとても思えず、白菊は目を泳がせ、正直にそう告げた。しかし、たまずさは前言を撤回しない。

「適当だとも。ただし、あれを全部そのまま真似ろとは言わぬよ。定心のように全部をだらけさせるのではなく、要所要所で締めればなんの問題もない。虎のこともそうとも。うまく描きたいのであれば、ひたすら修練に励めばよいだけの話。あちこちの寺に虎図はあるであろうし、虎皮の敷物などに触れる機会があるやもしれぬ。そうやって経験を重ねていけば、見たことがないものとて、いずれは描くことができようて。まずはやってみよ。案ずるより産むが易し（やす）というではないか」

たまずさに諭（さと）されると、ほんのわずかながら未来に希望の光が見えた気がしてきた。確かに、できない、できないとここで愚痴るよりも、屛風絵や絵巻などを参考に具体的に描き始めることこそが良策には違いない。うまくいくかどうかは、それこそ、やってみてからだ。

「うん。ありがとう、たまずさ。ごめんね、邪魔をして」

「なんの邪魔なものがあろうか。よい暇（ひま）つぶしになったわ」

そう言ってもらえると気も軽くなる。白菊は再び、たまずさに礼を告げ、来たときとは違う軽い足取りで宝蔵を出ていった。

――白菊がいなくなったあとの宝蔵内で、縞柄の小さな物の怪は、あいかわらず、ぷかぷかと宙を漂っていた。

たまずさは大きくあくびをして目をつぶった。白い獣毛に埋もれて目の位置が完全にわからなくなる。

が、その白い無貌にすうっとふたつの亀裂が走り、上下に開いて再び糖蜜色の瞳が覗く。視線は扉のほうへ向けられていた。そこにはいつの間にか、外界の光を背に、定心和尚と我竜が立っていた。

「やあ、たまずさどの。ご機嫌うるわしゅう」

白い帽子で頭と首まわりを覆い、法衣をまとった定心は、顔立ちの上品さもあって、いかにも高僧らしく見える。昨晩、里で飲んだくれていた破戒僧とはまるで別人だ。

「昨夜はお手柄でしたね。わたしからも礼を言わせてもらいますよ。それにしても、あのままどこぞへ去っていかれるのではと案じておりましたが、こうして戻ってきていただけるとは。いやはや……」

定心は目を細め、意味ありげに笑みを深めた。

「おかげで手荒なことをせずに済みました」

縞柄の小さな物の怪は何におびえてか、ぷるぷると身を震わせ、蔵の奥の暗がりへと身を隠した。

たまずさは長い尾をゆったりと左右に揺らすばかり。定心の本意を用心深く探っているようでもあったが、宝蔵内の空気が張りつめたのはほんのわずかな間だった。

ふわあぁと大あくびをして、たまずさが言う。

「都に飛んで、今上帝をたぶらかしてやろうか、それとも、吉野の桜でも愛でに行くかと考えぬでもなかったが……、どうも億劫になってな。歳はとりたくないものよ」

「なるほど。にしても、あなたが小さな童の話し相手をしてくださるとは」

「なんのおかしいことがあろうか。われもかつては子の親であったぞ」

「そうでした、そうでした」

　からからと笑う定心の横で、我竜はずっと険しい目でたまずさを見据えていた。その手は腰の木剣に用心深く置かれている。物の怪が少しでも不穏な動きを見せたなら、すぐにも叩き伏せようとの意志がみなぎる。しかし、たまずさは我竜の存在など最初から意に介していなかった。

「ところで――大嶽丸の気配がないようですが」

　と、定心は口角を上げたまま、世間話の口調で言った。

「寺内を出たあなたに乗じて、大嶽丸まで飛び出していったと見えまする。そして、あちらはまだ帰ってこない」

　初めて聞いたらしく、我竜は目を剝き、驚きを表した。

　たまずさは先刻承知であったのだろう、悠然と「ならば追えばよいではないか」

「追いますよ。逃しませんとも。難しくはないでしょう。首だけの大嶽丸には以前ほどの力はないですからね。けれども、鈴鹿御前と合流されると少々厄介かも。そういえば、山で鈴鹿御前に遭遇したそうですね。どうでした、鈴鹿御前は」

「どうもこうも。かような地をさまようとは昔の男に未練たらたらかと言うてやったら、鬼の形相(ぎょうそう)でつかみかかってきおったわ。われは事実を口にしただけであったに、下賤(げせん)の女はこれだから」

たまずさは侮蔑(ぶべつ)も露(あら)わに鼻を鳴らした。傲岸不遜(ごうがんふそん)なその態度に我竜は顔をしかめ、定心はさらりと聞き流す。

「夜になったほうが痕跡をたどりやすい。他の者たちを不安にさせたくないので、わたしと我竜だけで寺のまわりを探してみようかと思っております。場合によっては、あなたのお力をお借りすることにもなろうかと……」

「それはどうかな。山賊あがりの智恵なき鬼など、われの知ったことではないぞ」

「大嶽丸がこっぴどくやられるところを見たくはないと？」

「……ほう」

たまずさはぺろりと舌で自らの口まわりを湿らせた。切れ長の目に喜色が差す。揉(も)めごとは妖物の好むところであり、たまずさにとってもそれは例外ではなかったのだ。

「鬼と和尚の闘いを間近で見物できるのか。余興としては面白そうよの」

「いえ、わたしではなく、この我竜が闘います」

「和尚さま！」

唐突に指名されて、我竜が非難の声をあげる。たまずさも、

「いやいや、定心よ。そなたが大嶽丸と闘うのだ。そのほうが見応えがあろう」

と、強く推す。

「勘弁してくださいよぉ。わたしももう四十八なんですよぉ」

「われに比べれば若い若い」

「何百年と生きているかたと比べないでくださいよぉ」

気心の知れた友人同士のように軽口を叩き合うふたりを、我竜は心底あきれた顔で見やっていた。まだ十代の彼にとっては、どちらも食えない年寄りとしか思えなかった。

宝蔵から自室に戻った白菊は、さっそく文机の上に紙を広げ、虎の絵を描こうと試みた。が――筆を握った手が宙で止まる。

猛々しい虎。それを喚起させるものが、白菊の中には何もなかったのだ。

昔、見た物語絵巻の隅のほうに虎が出てきたような、出てこなかったような……。そん

な曖昧な記憶を頼りに筆を動かしてみるも、描けたのは丸とも四角ともつかぬ、いびつな形の生き物——宝蔵の中で見かけた、小さな縞柄の物の怪だった。これを虎だと言い張るのは、どう考えても無理がある。

「駄目だ。やっぱり、虎は描けない……」

ため息をついて文机につっぷした白菊の背後から、「これで虎を描いたつもりだったのか？」とあきれたような声がした。

驚いて振り返ると千手がすぐそこに立ち、白菊の肩越しに絵を覗きこんでいた。多聞と不動もいて、千手に追従するように、

「虎縞の何か、ですな」

「うむ。猫でさえないな」

と、辛口の批評をする。白菊は顔を真っ赤に染め、急いで絵を隠した。

「かたがた、いつの間に」

突然、白菊の部屋に現れた千手は「昨夜の礼を言いに来たのだ」と、むしろ偉そうに言った。命を救われた感謝の念よりも、下手くそすぎる虎図がもたらしてくれた優越感のほうが遥かにまさっていることは、誰の目にも明らかだ。

「それは……、わざわざどうも……」

千手が来てくれたのは嬉しい反面、彼に下手な絵を見られたくもなく、白菊は困ってもぞもぞとつぶやいた。その有様が、千手の嗜虐心を余計にあおっているとも知らずに。

「虎の絵どころか、猫もろくに見たことがないと言っていたな」

「はい……」

「よほど大切に育てられたようだ。まあ、生まれを考えれば当然ではあるが」

その生まれを白菊自身が長いこと知らされていなかったのだ。どう応えるのが正解か見当もつかず、白菊は言葉もなくうつむく。その姿にさすがに憐憫の情をおぼえたのか――

千手の態度が少し、変わった。

「……確か、北側の古い僧堂に虎を描いた屏風がなかったかな」

「えっ？」

白菊が顔を上げる。多聞と不動も、千手の態度に少々面食らっている。千手自身も居心地が悪くなったか、

「もっとも、古い絵なので傷みも激しい。参考になるかどうか、わからないがな」

投げやりに言って部屋を出ていこうとする。その懐に紙が挟まれているのが、白菊の目にとまった。

「お待ちください、千手さま」

白菊は咄嗟に千手を引き止めた。

「なんだ、何か用か」

「懐のそれは、もしかして講義のときに千手さまが描かれた虎の絵ですか？　よろしければ、わたしにそれを見せていただきたいのですが」

懐に入れた絵のことを忘れていたのだろう。千手は目を丸くし、狩衣の上から胸を押さえると、白菊をキッと睨みつけた。

「わたしの画風を盗む気か？」

「いえ、そんなつもりは」

否定する白菊と気色ばむ千手の間に、多聞と不動がさっと割りこんだ。

「行きましょう、千手さま」

多聞の言葉に浅くうなずき、千手が退室しようとする。待ってくださいと引き止めにかかる白菊の前に、大柄な不動が壁のごとく立ちふさがる。

そこに、ぱたぱたと軽やかな足音を響かせて、いがぐり頭の知念が現れた。

「あれ、みなさまおそろいで。どうなさいました？」

場の空気など一切読まず、知念は大きな目をくるくるさせ、無邪気な顔で訊いてくる。

「千手さまが、わたしに虎の絵を見せてくださると——」

「そんなことは言っていない！」

すかさず、千手が白菊の説明をさえぎった。

「わたしが言ったのは、北の僧堂の屛風絵のことだ。勘違いをするな」

「そう、僧堂に虎の絵があると教えてくださったのだよ。わたしが虎の絵を上手に描けないものだから」

今度は千手が顔を赤くする番だった。皮肉を言いに来たつもりが、なぜか助言をしてしまい、いちばん戸惑っていたのは当人だったのだ。

大体のところを汲み取って、知念はふむふむとうなずいた。

「なるほど、虎の絵が描けないと……。まあ、虎はこの国にはいませんから仕方ありませんよ。大きな猫だと思って描いてみては？」

「うん。講師さまもそうおっしゃっていたけれど、わたしは猫にさえも直接、触れたことがなくて」

「そうなんですか。でしたらば、里に行ってみませんか？」

「里に？」

「ええ。鼠よけに猫を飼っている家を知っていますので。そこで生きた本物の猫を触らせてもらいましょうよ」

「猫を触る？」

「それとも、たまずささんを参考に描いてみます？　でも、そうすると、虎じゃなくて狐の絵になりそうですから、猫のほうが無難ですよね。確か、子猫が産まれたばかりだそうで、いまなら、もふもふの子猫を抱かせてもらえるかもですよ」

「もふもふの子猫」

知らない家を訪ねるのは勇気がいった。が、とても魅力的な誘いには違いなかった。それは白菊以外の者たちにとっても同様だった。

いったん退室しかけていた千手が振り返り、「……子猫を触りに行くのか？」と問いただす。知念は満面に笑みを浮かべ、はいと元気よく応えた。

「ものすごくかわいらしい子猫たちですよ。千手さまもごいっしょされますか？　多聞さまと不動さまも、よろしかったら、どうぞどうぞ」

多聞と不動は互いに目を見合わせてから、もの問いたげに千手の顔色をうかがった。

あえて訊くまでもない。小声で「もふもふ……」とつぶやき、空をなでるように手を動かす千手は、ここにいない子猫の魅力によってすでに籠絡されたも同然であった。

黄昏の山の頂を冷たい風がびょおお、びょおおおと吹いていく。

ただでさえ、もの寂しくなる時刻。あたりに樹木は少なく、岩の間に名もない草がわずかに繁るばかり。そんな荒涼とした風景の中に、鈴鹿御前はひとり立ち尽くしていた。

立烏帽子を戴いた長い黒髪が風に躍る。腰につるした鈴も揺れて、か細い音色を奏でている。だが、彼女の耳には風の音も鈴の音も届いていない。耳朶を打つのは、真白き妖獣のあざけり笑う声だ。

『昔の男に未練たらたらというわけか。あれを裏切ったのは、そなたのほうであったにのう』

『やれやれ、実に愚かな女よ』

返す言葉もなかった。自分が愚かなことは自分自身がいちばんよく知っている。だからといって、他者に指摘されたくもない。

鈴鹿御前はぎりぎりと歯噛みしながら、拳をきつく握りしめた。

遠くに沈みゆく夕陽を見据え、涙を流さずに慟哭する。

いくら悔いても過去はやり直せない。死なせた男は還ってこない。腹立ちまぎれに、行き当たった人間を片端から脅し、ときには喰ろうたりしてみても、心の飢えはいっこうに満たせない。せめてもう一度だけでも、大嶽丸に逢えたなら……。

この世を阿鼻叫喚(あびきょうかん)の地獄に変えてやれるのに。

鈴鹿御前のそんな身勝手すぎる願いを、いかなる神が聞き届けたのか。

吹く風の中に何者かのうなり声が混じる。それはまるで手負いの獣の声のようであった。痛みに震え、追っ手におびえ、それでもなお抑えきれぬ怒りをほとばしらせている。

鈴鹿御前はハッと表情を変えた。

彼女の本性はひとをも喰らう鬼であり、山で野生の獣と遭遇したところで、いたずらにおそれたりはしない。そんな鬼女がわなわなと身を震わせる。ただし、それは恐怖ゆえではなかった。

圧倒的な歓喜だ。

鈴鹿御前は両手を高く掲(かか)げ、大声で昔の男の名を呼んだ。

「――大嶽丸――!」

呼びかけに呼応するように、にわかに風が強くなり、鈴鹿御前の髪と鈴を激しく揺らす。吹き飛ばされて崖から転げ落ちそうな勢いだ。それでも、彼女はその場に踏みとどまった。腕をのばしたままで、もう一度、大嶽丸の名を呼ぶ。

すると――風に乗って飛んできた何かが、鈴鹿御前の腕にするりと巻きついた。見た目は真っ黒なカラスヘビ。しかし、その輪郭(りんかく)は煙のように曖昧で、長さ太さも一定ではない。

そもそも頭がない。なのに、うなり声を発している。

鈴鹿御前のたおやかな腕に巻きついたまま、カラスヘビは身体の両端を盛んにのたうたせた。何事かを訴えているのに、それが伝わらず、もどかしさを全身でもって表現しているかのようだ。大嶽丸、大嶽丸よと、鈴鹿御前は何度も呼びかけたが、それも聞こえているのかどうか。

力が足りないのだ、と鈴鹿御前は悟った。

勿径寺に納められたのは大嶽丸の首だと伝わっている。いかな鬼神であっても、身体のほとんどを失った状態では、以前と同じだけの神通力は使えないということなのだろう。だから、くやしさのあまり吼え猛っているのだ。せっかく寺から解放されたというのに、喜びにひたることもできず、ままならぬ身を呪い続けている。

大嶽丸の苦悩を自分のことのように感じ、鈴鹿御前は激しく身震いした。

身体が入り用だった。いますぐにでも。

そう痛感した鈴鹿御前は、腕に凶々しいほど黒い蛇を巻きつけたまま、贄を求めて矢のように速く山をくだり始めた。広袖を翻してひた走る彼女は、おのが果たすべき使命を見出し、喜びに輝いているようにも見えた。

陽が暮れていく。山のふもとに建つ粗末な小屋からは、煮炊きの煙が立ちのぼっていた。

小屋の中にいたのは五、六人ほどの男たち。全員が全員、荒んだ顔つきをしている。それもそのはず、彼らは木樵でも農夫でもなく山賊であった。

唯一、筒袖ではなく直垂を着た頭目は、陽も沈みきらぬうちから手酌で酒を飲み始めていた。それを手下たちはうらやましそうに横目で見ている。

この地に来たばかりの頃は二十人以上の手下がいたのに、寺稚児を攫い損ねてからというものケチがつき、ひとり、またひとりと離れていってしまった。当然、頭目の機嫌はよろしくない。手下もそれを肌で感じ取り、彼らを取り巻く空気は余計にぴりぴりとひりついていた。

「なんで坊主があんなに強い……」

酔うと出てくるいつもの愚痴が、今日も頭目の薄い唇からあふれ出てくる。手下たちはうんざりした顔で互いに視線を交わし合った。

「あんなものが待ち受けていると知ったら、寺に押し入ることもできぬではないか。いまいましい。なあ、おまえたちもそう思うだろうに」

相手をしてやらないと、それはそれで頭目がまた荒れる。手下たちは誰が話し相手をしてやるか視線で押しつけ合い、気合い負けした小男が仕方なしに返事をした。

「いまいましいですよねえ。和尚だけでなく大童子も相当の使い手で」

「そうよ、あの大童子め」

怒りが再燃し、頭目の目がぎらぎらと底光りしてきた。こら、とまわりの手下が小男を目で叱る。小男もしまったといった表情をするが、もう遅い。

「おまえたちもおまえたちだ。木剣しか持っておらぬ相手に簡単にやられおって」

頭目に睨みつけられ、手下たちはほぼ全員、首をすくめて目をそらした。頭目は構わず、ぐちぐちと言いつのる。

「なんだ、あの出鱈目な強さは。坊主なら坊主らしく、おとなしく寺に籠もって経でも唱えていろ。そして代わりに稚児を外に出せ。こうなった以上、あの稚児がひとりでいるときを狙うしかないのに、なかなかそういう機会もめぐってこん。この間は、若い坊主どもが十人近くいっしょであったしな」

白菊が修行僧たちとともに千手の捜索に出たときのことを、頭目は言っていた。それ以前にも、白菊は知念とふたりきりで片栗を摘みに遠出をしていたが、そのときはたまたま山賊たちも見落としていたのだ。

手下が二十人あまりいたときなら、定心和尚と大童子の我竜がいないと見るや、しめたとばかりに捜索隊を襲っていただろう。しかし、あのふたりに叩き伏せられた記憶がまだ生々しく残っているうえに、数で劣るいま、あえて火中の栗を拾う気になれなかったのだ。もう少し様子を見ていれば、その修行僧たちも鈴鹿御前の出現に驚き、てんでに逃げ帰っていたというのに。

「つくづく、おれは運が悪い」

実際、頭目の言う通りであった。

「『寺稚児はまだか。もう、生きていようと死んでいようと構わぬ。首だけでも早う都に持ってまいれ』だとよ。上つかたはえぐみのあることを平気で言ってくれるぜ……」

「いっそ、そこらの童の首を刎ねて、きれいに化粧して都に届けますか？」

荒れる頭目をなだめるため、小男が揉み手をしながら物騒な提案をする。頭目もまんざらでもない顔を一瞬するが、

「それも考えたがな。持ちこんだ首が華山中納言の子でないとバレてみろ。褒美どころか、こちらの首まで獲られかねんぞ」

「やっぱり政がらみなんですかねえ。やれやれ、寺に出された童の命まで狙うとは世知辛いことで」

中納言の庶子どころか、今上帝の御落胤であるからには、白菊の存在を目障りと感じる

者はそれなりにいる。華山中納言もその点を警戒し、自邸の奥にずっと母子を隠していたのだ。出家させ、俗世との関わりを断てば見逃してもらえる。そう考えたのは、いささか甘かったと言わざるを得ない。

「ああ。どこぞの神仏がこのおれを哀れとおぼし召して、救いの手を差しのべてはくれぬものか……」

頭目のそのつぶやきを、どこぞの神仏が聞き届けたのだろう。

突然、小屋の外からうわっと声があがった。まだ陽があるうちにと外まわりを片づけていた仲間の声だ。

小屋の中にいた者たちが、どうしたどうしたと問いながら外に出る。頭目も盃を置いて、のっそりとあとに続いた。

小屋の外では、山の端に消えた夕陽の残照を背に、女がひとり立っていた。立烏帽子を頭に戴き、重ね袿に紅の長袴。年齢は二十代かそれ以上か判別しがたいところはあるものの、美女には間違いない。

小屋の外にいた仲間が震えながら女を指さした。

「こ、この女が急に現れて」

こんな鄙の山中を上臈女房のような出で立ちの美女が徘徊するなど、まずあり得ない。

すわ、物の怪の類いかと恐怖するのは、当然のことであった。

むさ苦しい男どもが五、六人、小屋から飛び出してきたというのに、女は怖がるどころか、にやにやと笑いながら彼らを見廻している。値踏みするかのような彼女の視線に、山賊たちのほうが居心地の悪さを感じてざわついた。

「なんだ、おまえは」

酒くさい息を吐きながら、頭目が前に進み出た。

「旅の白拍子か。仲間とはぐれて山をさまよっていたというわけか」

現実的な落としどころを口にして、頭目は女の美貌に目を細めた。

「かわいそうに、心細かったであろうのう。ここで遭ったも何かの縁。どれ、かわいがってやるとしようか」

生き物なら当然持っているはずの危機意識を酒が低下させたらしく、頭目は下卑た笑いを浮かべて女に近づく。

女のほうも笑みを浮かべている。ただし、それは捕食者の笑みであった。

女が右腕を前に差し出した。広袖に隠されていた腕が肘近くまでさらされた刹那、山賊たちはあっと声をあげた。

女の細腕に真っ黒なカラスヘビが巻きついていたのである。

鞭のように細いカラスヘビは、女の腕を離れて頭目の顔面に飛びついた。次の瞬間、蛇の細長い輪郭がなくなり、黒い煙の塊となる。

頭目はわけがわからず悲鳴をあげた。その口の中に黒い煙が吸いこまれていく――否、侵入していく。頭目は口を閉ざすことさえできない。

手下たちも絶叫した。

「お頭、お頭！」

騒ぎはするが、動転してしまって誰も手出しできない。その間に、黒い煙は完全に頭目の中に入りこんでしまった。

ぐぐっ、ぐぐっとうめきながら、頭目は前に身体を倒した。異物を吐き出すのかと思いきや、後ろへ大きく背を反り返す。

がちがちと嚙み鳴らされる歯が、みなが見ている前で長く大きく成長していく。血管が浮き出たこめかみが内からごりごりと、より高く盛りあがっていく。

何か、ヒトではないモノに変わろうとしているのだ。

手下たちは悲鳴をあげ、その場からわれ先にと逃げ出した。だが、こういうとき、逃げ遅れる者は必ずいる。先ほど、荒れる頭目をなだめようとした小男がそれだった。

「お、お頭……」

まだどうにかなると甘く考えていたのか、小男は頭目に手をのばそうとした。だが、頭目はくるりと振り向くや、口端からよだれを垂らしながら小男に躍（おど）りかかった。哀れな小男はあっけなく頭目に捕まり、悲鳴と血しぶきを同時にあげた。

血臭（けっしゅう）と咀嚼（そしゃく）音があたりを満たす。立烏帽子の女——鈴鹿御前は至極（しごく）満足そうに惨劇の一部始終を眺めていた。

彼女自身が非道な鬼なのだ。これくらいでおそれはしない。むしろ、血に酔ったようにうっとりとつぶやく。

「もっと食べて、早く昔のように強くなって、大嶽丸……」

昔を今になすよしもがなと、とある白拍子が謡（うた）ったように、昔をいまに為す手段などない。ないはずだが、鈴鹿御前はその夢をどうしても捨てきれなかった。

大嶽丸とともに山を根城にして暴れまわり、鬼とおそれられた暴虐と快楽の日々。どうにかして、あれを取り戻したい。そのためなら他者を喰らいつくすことも、彼女はまったく厭（いと）わなかった。

黒い何かに乗っ取られた頭目——大嶽丸は小さなげっぷをして小男を解放した。小男はどさりとその場に倒れ伏し、もう動かない。

鈴鹿御前は食事を終えた大嶽丸にいそいそと近づき、彼の背中に抱きつこうとした。その寸前、大嶽丸が振り返り、鈴鹿御前の喉首に勢いよく噛みつく。

驚愕と激痛に、鈴鹿御前は硬直した。目をしばたたくだけで抵抗もできない。

いや、彼女はあえて抵抗しなかった。

敵の甘言にうかうかと乗せられ、大嶽丸を裏切ったのは自分なのだから、と。その罪滅ぼしとしてわが身を捧げることに、鈴鹿御前は息が詰まるほどの悦びを感じてさえいた。

「おおたけ、まる……」

鈴鹿御前は男の背中に腕をまわし、彼を抱きしめようとする。しかし、その白い手は目的を果たす前にだらりと力なく垂れ落ちてしまった。


里から勿径寺へと続く道を、寺稚児四人と小僧ひとりが歩いていく。白菊と千手、多聞と不動、それに知念の計五名だ。

彼らは寺の近くの村に行き、猫を飼っている家を訪れた帰りであった。

その家では子猫が五匹産まれたばかり。白菊たちは子猫を存分に触らせてもらい、生き物の感触と温かさを堪能した。心なごむその記憶を反芻するだけで、陽が落ちた暗い帰り道の怖さも半減する。

「子猫たち、ものすごくかわいかったですよね。しかも母猫が茶トラで、虎の絵の参考になれたみたいで」

興奮冷めやらず、知念が歩きながら幾度も言う。白菊もその都度、大きくうなずいた。

「触らせてもらったうえに猫の絵まで描かせてもらって、飼い主のひとにも知念にも、いくら感謝しても足りないくらいだよ。ごめんよ、知念。紙や絵筆、荷物になったのに」

知念はえへへと笑って、手荷物を軽く掲げてみせた。

「この程度、なんのこともありませんよ。それより、お役に立ててよかったです。千手さまたちにも楽しんでいただけましたよね」

知念が千手に話を振ると、言われたほうも「ま、まあな」と認めることは認めた。ただ、そのままでは居心地が悪いと感じたのか、

「これで猫は描けるようになったのではないかな。猫は。まあ、猫と虎とは似ているようで、だいぶ違うが」

と、皮肉を言うのは忘れない。多聞と不動も千手に足並みをそろえ、

「千手さまの言う通りですとも」

「猫と虎とは確かに違うな」

白菊は苦笑して「そうですね」と同意した。

「お寺にある屛風絵も参考にしてみます。教えてくださってありがとうございますね、千手さま」

皮肉を言った相手に逆に感謝をされ、千手はうろたえ気味に視線をさまよわせた。

「べ、別に、礼などいらぬわ。たまたま思い出したに過ぎないのだからな」

「できれば、千手さまの虎図も見てみたいのですが……」

その虎図が収まっている千手の懐に、名残惜しげに目を向ける。千手は白菊の視線を避けるように自らの胸を押さえ、

「お断りだ」

すげなく断られてしまい、やれやれと白菊は小さくため息をついた。

それでも、今日は子猫との触れ合いを通じて、千手との距離も多少は縮まったような気がしていた。いつかは虎図も見せてもらえるだろうと、望みは捨てずにおく。

昨夜とは違って夜空も晴れ、頭上には無数の星が金色、銀色に輝いていた。

きれいな星だねと白菊がつぶやくと、ですねえと知念が返す。

「でも、こんなに遅くなってしまったのはまずかったかな。和尚さまにも『もう夜中に自分たちだけで遠くに行ってはいけないよ』と言われていたのに……」

「大丈夫ですよ。まだ全然、夜中じゃありませんから。それに、里まではそんなに遠くで

もありませんよ」

あっけらかんと知念に言われ、白菊も「そうだね」とうなずいた。不安の種をすぐに打ち消してくれる知念の存在が、白菊には本当にありがたかった。

寺に入ることが決まったとき、仕方がないことと受け容れつつも、うまくやっていけるだろうかとひどく不安になった。母と離ればなれになるのも本当につらかった。

けれども、ここに来て同年代の童たちと接し、新しい知識も増えた。子猫にも触れられた。こんなふうに何人かと連れだって夜道を歩くのも、初めての経験だ。都で隠れるように暮らさねばならなかった頃とは、何もかもが違う。

これからもたくさん、新しいこと、楽しいことがあるよねと、なんの疑いもなく信じることができた。このことを誰に感謝しよう、やっぱり、見守ってくださるという千手観音さまにかなと思いながら、白菊はちらりと千手の様子をうかがった。

千手は歩きながら、思案顔でぼそりとつぶやいていた。

「『もう夜中に自分たちだけで遠くに行ってはいけないよ』か……」

「はい？」

白菊が思わず訊き返すと、千手は彼のほうを見やって言った。

「和尚さまはずいぶんと白菊のことを気にかけてくださるのだな。やはり御落胤だからであろうが」

なんと返答したものかと迷う白菊の代わりに、知念が言った。

「それもあるでしょうけれど、勿径寺に来られる途中で、白菊さまが山賊に襲われたのが大きいんじゃないかと思いますよ」

「山賊に？」

初耳だったらしく、千手と多聞、不動がそろって目を丸くする。

知念は彼らの知らない情報を披露できるのが楽しいらしく、明るく声を弾ませた。

「はい、そうなんですよ。なんでも派手な立ちまわりをなさったらしく、和尚さまも手酌なさりながら『わたしと我竜が迎えに行かなかったら、あの子はどうなっていたことか』と、しょっちゅう自慢しておりますからね。我竜さんは適当に聞き流していますけど、そうなると今度は『我竜も大活躍だったじゃないか』と和尚さまがしつこくからんでいくものですから、我竜さんはますますうっとうしがって。ま、いつものことですけれど」

その場面を想像し、白菊はあははと笑った。定心和尚と我竜は親子ではと噂されるのも、無理からぬことだと思い――うらやましいなとも感じた。

寺はもうすぐ。行く手の先、山の稜線に寺塔の輪郭が突き出ているのが見えてきた。もっと明るければ堂宇の数々も見えただろうが、星明かりだけではそこまで視認するのも難しい。

「それにしても、つくづく山は怖いですね。山賊は出るわ、鬼女は出るわ」

知念が鈴鹿御前のことを引き合いに出した途端、後方から、ちりん……と鈴の音が聞こえた。

白菊たちは全員、ぎょっとして立ち尽くした。互いに視線を交わし合い、音が聞こえてきた後方をおそるおそる振り返る。

星空の下、田畑が広がるばかりで民家もない暗い一本道のむこうに、うっすらと人影がひとつ。遠くて、男か女かもまだわからない。だが、鈴の音がその人影のほうから聞こえてきたのは確かだ。

人影はゆっくりとこちらに歩いてきている。もしあれが鈴鹿御前であったら、獣並みの俊敏さで、あっという間に距離を縮め、白菊たちに襲いかかってくるだろう。

「隠れましょう」

ひそめた声で多聞が言った。周囲を見廻すと、道の脇にそこそこ大きな楠の木が立ち、根もとには石地蔵が置かれている。白菊たちは大あわてで、その楠の木の陰に身を隠した。

楠の木の幹は太かったが、五人全員が身を隠すには充分とはとても言えない。夜の暗さと石地蔵が味方してくれると信じるしかない。

やがて、道の果ての人影が白菊たちのすぐ近くにまでやってきた。

男だ。萎烏帽子に汚れた直垂を身につけている。その顔を見たとき、白菊は危うく声をあげそうになった。男の凶悪な人相と身につけた直垂に、見おぼえがあったのだ。

都から勿径寺に向かっていた途中、白菊と乳母が乗った牛車を襲った山賊たちの頭目に間違いなかった。

なぜ、頭目がたったひとりで夜道を歩いているのか。手下たちはいっしょではないのか。そもそも、鈴の音はどこから？

最後の疑問に答えはすぐ出た。男はその手に長い髪をつかみ、女の首をぶら下げていた。鈴鹿御前の首だ。彼女の黒髪には紐がからみつき、その紐先の鈴が時折、思い出したように小さく鳴っていたのである。

あまりのおぞましさに、白菊はうっと息を呑んだ。総身に鳥肌を立てつつも歯を食いしばり、なんとか悲鳴をこらえる。ここにいると気づかれれば、こちらは終わりなのだと本能的に悟って。

千手たちも同様だった。驚愕に目を大きく見開きながらも、声を殺してじっとしている。男が何者か知らずとも、鬼女の首をひっさげて夜道を行く者に恐怖しないわけがない。

口まわりを血のようなもので汚し、男は低くうなりながら歩いていた。両側のこめかみあたりに、前はなかったはずの瘤ができている。

白菊たちに気づいた様子はまったくない。このまま何事もなく行き過ぎてくれと、白菊は心の底から願った。

なのに、どうした弾みか、ちりん、ちりんと鈴が続けざまに鳴った。

と同時に、前を向いていた鈴鹿御前の目がすっと横に動き、楠の木の根もとに隠れていた白菊たちを捉える。

生首の視線に射貫かれて、白菊たちはびくりと身を震わせた。気配を察したか、山賊の頭目は足を止め、楠の木の根もとに視線を走らせる。

みつかった。

白菊が絶望とともにそう思った刹那、不動が道に飛び出し、頭目に体当たりを喰らわした。

大柄な不動にふいを衝かれ、頭目は見事に転倒した。その手から鈴鹿御前の首が離れ、ごろごろと道を転がっていく。

不動もいっしょに倒れたものの、すぐに身を起こし、「いまのうちに！」と、逃げるように千手たちを促す。

千手と多聞、白菊と知念も楠の木の根もとから飛び出し、勿径寺をめざして一目散に走り出した。

山賊の頭目と鈴鹿御前の首との関係など、いまは考えている暇もない。とにかく寺まで、定心和尚のもとまで逃げ帰るしか、生き残る道は見出せなかった。

なのに、突然、白菊の足が止まった。後ろでくくった長い髪をつかまれたのだ。

振り返ると、倒れたはずの頭目がすぐ背後に迫り、白菊の髪を鷲づかみにしていた。放せと白菊は叫んだが、放してもらえるはずもない。頭目の目には理性の光など皆無で、相手が白菊だとわかっているのかどうかも定かではなく、話が通じる気さえしない。

不動が再び頭目に体当たりを試みるが、頭目は彼を空いたほうの拳で殴りつけた。うわっと声をあげて不動が倒れる。

千手が足を止めて振り返る。そんな彼を、早く逃げるようにと多聞が急かす。どうしたものかと千手が迷っている間に、

「白菊さま！」

白菊の名を呼び、知念が拾った石を頭目めがけて投げつけた。石は見事に頭目の額に当たり、彼はぎゃっと叫んで白菊の髪から手を放す。

この隙にと、白菊は知念とともに走り出した。不動も、痛みにうめく頭目の横をすり抜けて走る。千手と多聞もホッとした顔で逃走を再開させる。

このまま、なんとか寺まで――

そう願って走っていた彼らが、道なかばで立ちすくんでしまった。彼らのすぐ目の前に鈴鹿御前の首が現れたのだ。

首だけとなった彼女は、けらけらと笑いながら宙を舞い踊っていた。その動きに合わせて、りんりんりんと鈴の音が響く。

鈴鹿御前は長い髪をなびかせ、千手の目の前に突如、迫ってきた。驚いた千手は後ろに尻餅をつき、鈴鹿御前は彼の鼻先をかすめて夜空へと急上昇する。そのまま飛び去ってくれればよいものを、また寺稚児たちのもとへと舞い戻ってくる。鈴鹿御前が幼い彼らを弄び、悪趣味な喜びにひたっているのは間違いなかった。

倒れた拍子に、千手の懐から彼の描いた虎の絵が落ちた。白菊は急いでその絵を拾いあげ、こんなときだというのに広げて眺めようとする。

「馬鹿か、おまえは」

千手が怒って、白菊の手から絵を奪い取ろうとするのを、知念が間に入って阻止しようとする。ところが、その知念が千手に突き飛ばされて尻餅をつき、今度は知念が抱えていた包みが落ちて、中に収まっていた白菊の絵が散らばっていく。

虎図の参考にするため、何枚も描いた猫たちの絵だ。特に、母猫の絵は白菊自身も気に入っていた。色も茶トラ、最初は寺稚児たちを警戒してきつめの表情をしていたので、まだ見ぬ虎の姿を重ねるのにぴったりだったのだ。

懸命に絵をかき集める白菊にあきれて、多聞が口を挟む。

「そんな暇はありませんぞ、御落胤！」

彼の言う通りだった。白菊たちの背後では、石に打たれた額を手で押さえ、頭目が立ちあがりかけていた。

腹立たしげに歯噛みする彼の、両のこめかみにできた瘤がみしみしと音を立てて大きくなる。たちまち瘤は色と形を変え、二本の角と成り代わった。目を血走らせ、頑丈すぎる歯を剝き出して吼える彼は、もはや人間性のかけらもない、鬼そのものだ。

前には鬼女の首、後ろには山賊から変化（へんげ）した鬼。

千手と多聞は顔面蒼白に、知念も恐怖に歯をかちかちと鳴らし、力自慢の不動も愕然（がくぜん）とする。白菊も、自分たちだけではもうどうしようもないと悟った。

助けが必要だった。千手たちを捜しに行った山の上で、危機に直面したあのときのように、救いの手がまた差しのべられはしまいかと――

「……たまずさ、来（こ）よ」

白菊は声を震わせつつ、ここにはいないたまずさに呼びかけた。

「来よ、たまずさ！」

声を大にして、もう一度、呼んだ。しかし、応じる声はない。霞のような白い影が夜空を飛来してくることもない。

そうそう都合よくはいかないのだと痛感し、白菊は泣きたくなった。が、あきらめて泣くのはまだ早かった。

たまずさに代わって、どこまでも陽気な定心和尚の声がその場に響いたのだ。

「みつけたぞ、大嶽丸」

勿径寺からの道に、白い帽子を首まわりに巻いた定心が立っていた。毎朝、剃っている頭には、すでに短い灰鼠色の髪が生え、大童子の我竜を伴っている。

白菊を含めた童たちが異口同音に歓声をあげた。

「和尚さま！　我竜さんも！」

定心はいつもの笑顔で愛想よく応え、我竜もいつもの仏頂面で無愛想に無視をする。

勿径寺の宝蔵に封じられているはずの大嶽丸。どうしてその名がここで出てくるのかは謎だったが、和尚がそう言うのならそうなのだろうと、白菊たちは誰も疑問に思わない。

鬼と化した山賊の頭目――大嶽丸は、新たに現れたふたりに歯を剝いて威嚇した。鈴鹿御前の生首は眉をひそめ、やや警戒しつつ虚空に浮く。

そんな異形のモノたちを油断なく睨みつつ、我竜が定心に問うた。

「どうしますか、和尚さま」

「そうだね、とりあえず……。叩き伏せておしまいなさい、二体とも」

定心は指示だけ出してふんぞり返った。我竜はすかさず走り出て、腰の木剣を抜き放つ。

彼の気迫にひるみ、鈴鹿御前は高度を上げて空に逃れた。我竜は鈴鹿御前を無視し、大嶽丸めがけて一気に打ちこむ。

叩きつけられた木製の刀身を、大嶽丸は固めた拳で弾き返した。跳ね飛ばされた我竜は、宙で大きく一回転して勢いを殺し、地を蹴って再び大嶽丸に打ちこむ。その動きは速く、大嶽丸は二度目の攻撃を躱せず、まともに受けてしまう。

白菊たちは再び歓声をあげた。不動だけは声もなく、我竜の一挙手一投足を食い入るような目でみつめている。力自慢の彼だけに、嫉妬と憧憬といった複雑な感情を我竜に対していだいてしまい、それを隠すこともできない。

木剣の打撃を受けてよろめく大嶽丸の腹に、我竜は重い蹴りを数発、見舞った。

身体をくの字に曲げた大嶽丸は、赤黒い血をガッと大量に吐き出した。胃の中のものを出しただけなのだが、そうと知らない白菊たちは吐いた血の量の多さにおぞ気をふるう。

血を吐いた大嶽丸は、気力体力もともに喪失したかのごとく、うなだれた。

「さてさて。大嶽丸はそれくらいでいいかな」

のんびりと歩み出てきた定心は、夜道に散らばった紙——千手と白菊が取りこぼしてしまった絵の数々に目を向けた。

「うん。ちょうどいいものがあった」

彼が拾いあげた一枚は、千手が描いた勇猛な虎図であった。ふっと息を吹きかけ、その絵を大嶽丸に向けて飛ばす。

虎図が大嶽丸と接触した途端、その場から鬼の姿が消え失せた。

何もない空間を虎図がひらひらと蝶のように舞い、地面に落ちる。紙上の虎は、ぐるるとうなって目だけを左右に動かした。だが、異変はそれきりで、すぐにうなり声は聞こえなくなり、目も動きを止める。

それはもはや、ただの無害な虎の絵だった。ただし、大嶽丸に触れる前の絵を知る者は、雰囲気が変わった、獰猛(どうもう)さが増した気がすると言うかもしれない。

虚空に逃れていた鈴鹿御前が、ああと悲嘆の声をあげた。

せっかく再会できたのに、愛(いと)しい大嶽丸はあえなく虎図に封印されてしまった。くやしくてたまらなかろうが、首だけの身ではどうしようもない。

朱色の唇を噛みしめて、鈴鹿御前はその場から逃走を図った。が、彼女の後ろにふわりと白き妖獣の影が浮かびあがる。

たまずさだった。

「逃がさぬよ、鈴鹿御前」

たまずさはにいと笑って、いつぞやの礼とばかりに無慈悲に告げた。

「目障(めざわ)りな売女(ばいた)」

愚弄(ぐろう)され、怒りに柳眉(りゅうび)を逆立てつつも、飛んで逃げようとした首に、たまずさはがぶりと噛みついた。鋭い歯を柔肌に立てられて、鈴鹿御前はぎゃあと悲鳴をあげる。

定心が、白菊の描いた絵を一枚、広げて、上空のたまずさに呼びかける。

「そこまで、そこまで。鈴鹿御前はこちらへ」

たまずさは定心を横目で見やり、少々不服そうな顔をしたが、言われた通りにぺっと鈴鹿御前の首を吐き捨てた。真っ逆さまに落ちてきた首を、定心は白菊の絵で受け止める。次の瞬間、鈴鹿御前の首は紙の中へと吸いこまれた。まるで手妻(てづま)——妖しげな術士が使う、仕掛けありの幻術のごとくに。

定心が満足げに言う。

「よし。上出来」

鈴鹿御前が封印されたのは、白菊が描いた母猫の絵だった。

描かれた茶トラの雌猫は、一見、なんの変化もなかった。半身を横たえた状態で、こちらを睨みつけている。絵のどこにも鈴は描かれていないのに、ちりんと微かに鈴の音が聞こえはしたが、それも一度きりだ。

大嶽丸も鈴鹿御前も、あっという間に封印されてしまった。

緊張から解き放たれた寺稚児たちは泣いたり喜んだりと、情緒が混乱して、とにかくいそがしい。

気位の高い千手は、取り乱してはならないと必死に自己を律しようとしているがうまくいかず、とにかく涙で目が真っ赤だ。多聞は普段の冷静さをかなぐり捨てて、もうぼろぼろ泣いている。不動も我竜に助けられて心中複雑らしく、ぶるぶる震えている。

いちばん盛大に泣き、和尚さま和尚さまと連呼しつつ、定心に抱きついたのは知念だ。

定心は猫の絵を我竜に預け、知念のいがぐり頭を豪快なまでになでまわす。知念の嗚咽はたちまち笑い声に変わった。

白菊は脱力し、道の真ん中に呆然と立ち尽くしていた。山賊の姿をした大嶽丸、宙に浮く鈴鹿御前の生首と、見るもおぞましい異形に行く手をふさがれ、まさに絶体絶命だったのだ。そんな窮地から逃れられた幸運が、にわかに信じられずにいるのも無理はない。

固まる白菊の背に、ふわりと柔らかいものが触れた。音もなく地上に降りてきたたまずさが背後に立ち、その身を白菊にこすりつけてくるのだ。

「たまずさ……」

白菊はそっとたまずさの身体に触れた。猫に似て、猫よりさらに繊細な和毛(にこげ)の感触は、まるで夢の世界の生物のようだ。だが、たまずさは確かにそこにいて、再び白菊たちを救ってくれた。

「また助けられたね。本当にありがとう……」

たまずさは糖蜜色の目を細め、ふふんと誇らしげに鼻を鳴らす。彼女もまた異形であるのに、夜目にも白きその姿は譬(たと)えようもなく美しい。

「さて、稚児たち」

定心が腕組みをして寺稚児たちに呼びかけた。

白菊と知念、千手とその取り巻きふたりは背すじをのばして定心に注目する。

「どれほど危うかったか、わかっているかな？　千手たちは昨日、山で遭難したばかりだというのに、まるで反省していなかったようだね」

うっと千手が息を詰まらせる。多聞と不動もばつの悪そうな顔をする。

「白菊もだよ。夜中に自分たちだけで遠くに行ってはいけないと、わたしは言ったはずだよね？」

それを指摘されるとつらい。

白菊は非を認めてうなだれたが、知念は違った。いつもの明るさを取り戻し、大きな目をくるくるさせて主張する。

「お言葉ですが、和尚さま。まだ宵のうちで、全然、夜中ではありませんよ。それに、わたしたちは近くの里に猫を見に行っただけですから、そもそも遠くでさえありませんよ。ねっ、白菊さま」

急に同意を求められ、白菊はあたふたしながら「えっ？　あ、あの、どうなのかな？」と、どっちつかずの返事をする。

我竜は目を吊りあげて「屁理屈を……」と低くつぶやき、稚児たちをおびえさせた。彼はさらに、その矛先を定心に向ける。

「和尚さま、ここは稚児たちにも厳しく御指導――」

「なるほど、そうか」

我竜の意見をみなまで聞かずに、定心はあっけらかんと言い放った。

「まだ宵のうちだし、里は全然遠くなかったな。わたし自身も、里にはよく酒を買いに行くわけだしね」

「和尚さま！」

我竜は大嶽丸にも負けないくらいの形相で怒鳴ったが、定心はまるでこたえない。

「猫を見に行っていたのか。絵を描くために？　おかげで封じのための依代（よりしろ）が手に入ってちょうどよかったけれど、悪かったねえ。せっかくの力作を勝手に使って」

千手が「いいえ。お役に立ててよかったです」と言うので、白菊も「よかったです」と返す。本当のところ、母猫の絵は気に入っていたので少しばかり残念ではあったが、また猫を見に行く口実ができたと思えば未練はない。

「では、この絵はどちらも寺の預かりとさせてもらうよ。さて、この大きさなら巻物にするかな。できれば屏風か、襖絵（ふすまえ）にしたかったけれど。それとも、千手と白菊に改めて大きな絵を描いてもらうのも手かもしれない。そのときは虎と猫じゃなく、夫婦（めおと）の虎の絵にしてもらうといいかもね」

喜んで、と千手は自信ありげに応じた。白菊は羞恥（しゅうち）に顔を赤くして正直に言った。

「わ、わたしはまだ虎は、描け、なくて……」

だんだん声が小さくなり、うつむいてしまった白菊の肩に、定心は手を置いて告げた。

「急がないから。寺でしっかり学んでいけばいい。もちろん、絵だけでなく経文（きょうもん）の勉強のほうもね」

進むべき道を改めて示され、嬉しくなった白菊は顔を上げて、はいと返事をした。

「いい子だね、白菊は」

定心はぽんと白菊の頭を軽く叩いてから、その手を離した。

あたりに散らばった子猫の絵を、知念がせっせと拾い集めている。それを見た白菊も急いで手伝う。白菊さまはそんなことはしなくても、と知念に遠慮されたが、

「やりたくてやっているのだから気にしないで」

そう返し、全部、拾い集めたところで、たまずさがさり気なく白菊に身を寄せてきた。

「どうだ、またわれの背に乗るか?」

とても魅力的な誘いに、しかし、白菊は首を横に振った。

たまずさの背に乗って、夜空の高みを飛翔するのは譬えようもないほど心地よかった。

だが、いまは定心和尚や千手、知念たちといっしょに歩いて寺へ帰りたかったのだ。

「ううん。それはまた別のときにでも」

「じゃあ、帰ろうか」

定心の言葉に、白菊と知念、千手たちがはいと応える。定心と我竜を先頭に、歩き出した稚児たちの最後尾にたまずさが続く。

凶悪な鬼と対峙したばかりで、夜はますます暗い。自分が未熟で非力なことも、白菊には痛いほどわかっている。それでも、もはやひとりではないのだと実感ができていた。

頼もしい指導者がいて、同輩の仲間たちがいて、敵か味方か判然とはしないものの、とにかく強く美しいたまずさがそばにいる。これで何をおそれよと言うのか。

（わたしをここに送り出してくださり、本当にありがとうございます。母上さま）

都にいる母の姿を思い浮かべ、白菊は心の中でそっとつぶやいた。

同じこの夜空の下に母もいる、いつかは再び逢えると思えば、寂しさは明るい希望へと自然に変わっていくのだった。

mononoke
dera-no
shiragiku
maru
あとがき

お寺が舞台で、かわいい稚児が主人公。

とはいえ色っぽい要素はないので、そのへんが苦手なかたもどうぞご安心ください。本作は、平安時代成分多めの和風ファンタジーと思っていただけると幸いです。気持ちちょっと鎌倉成分や室町成分も入っていなくはないにせよ、歴史の知識などは必要ありません。お寺も密教系なのか禅宗系なのか、そこらへんを考えるときりがないので、ふわっと、ふわっといきましょう。

あれですな。昔のアニメの『一休さん』が、室町時代のはずなのに江戸時代っぽい要素がふんだんに盛りこまれていたような、『南総里見八犬伝』をどの時代を舞台にした物語なのか、あまり意識せずに楽しんでいたような、あんな感じともいえましょうか。

稚児たちの愛らしさと、和尚さんの適当ぶりと、物の怪たちのパワフルな活躍を、大西実生子さんの剛柔あわせ持つ味わい深いイラストとともに楽しんでいただけると嬉しい限りであります（大西さんには本当に感謝です！）。

白菊の物語が少しでも、みなさまの心の癒やしになれますように。南無南無。

……とつぶやきつつ、クリスマスのケーキはどこで買おう、近くの店のショートケーキでいっかと考えるあたり、実生活もごった煮なのでありましたとさ。

令和五年十一月

瀬川貴次

※この作品はフィクションです。実在の人物・団体・事件などにはいっさい関係ありません。

集英社オレンジ文庫をお買い上げいただき、ありがとうございます。
ご意見・ご感想をお待ちしております。

● あて先
〒101-8050　東京都千代田区一ツ橋2-5-10
集英社オレンジ文庫編集部 気付
瀬川貴次先生

もののけ寺の白菊丸

2023年12月24日　第1刷発行

著　者　瀬川貴次
発行者　今井孝昭
発行所　株式会社集英社
〒101-8050東京都千代田区一ツ橋2-5-10
電話【編集部】03-3230-6352
【読者係】03-3230-6080
【販売部】03-3230-6393（書店専用）
印刷所　大日本印刷株式会社

ISBN 978-4-08-680533-9 C0193